藍小說943

東京奇譚集

村上春樹＝著

賴明珠＝譯

目錄

偶然的旅人

我＝村上是這篇文章的筆者。這個故事大抵上是以第三人稱進行，不過我讓述說者一開頭就先露面。像舊時代的戲劇，站在幕前先說一段開場白，再鞠躬告退。因為花的時間不多，我想請各位稍微忍耐一下！

為什麼我要在這裡露面呢？因為過去我所親身遇到過的幾次「不可思議的事情」，也許還是由我自己來說會比較好。老實說，這類事情在我的人生中發生過幾次。有些具有意義，多少為我的人生帶來一些變化。也有些是微不足道的小事，人生也並沒有因此而受到影響——我想大概沒有。

不過當我在座談的場合把這些經驗拿出來講的時候，卻往往反應不佳。多半只有類似「哦，也有這種事情啊」的溫吞感想，就沒有下文了。對話並不會因此而開始熱烈起來。話題也沒有發展到像「我也有過類似的經驗」的地步。簡直就像被導引到錯誤水路的用水一樣，我所提出來的話題就被吸入不知名的沙地裡去了。接著有一陣短暫的沉默。然後別人就提出完全不同的話題來。

也許是我的說法有什麼問題。於是我在雜誌的隨筆上試著寫出同樣的事情。我想如果寫成文章的話，人們或許會稍微熱心地傾聽也不一定。不過我寫的東西幾乎沒有人會相信。也有幾次被說成「那個，反正是假的吧」。似乎因為是小說家，所以我口中說出來的（寫出來的）事情大家多多少少都會看成是「虛構的故事」。我確實會在小說中寫一些大膽的虛構故事（因為那就是小說的任務）。不過當我不寫小說的時候，並不會刻意去製造無意義的假話。

因此我想藉這個場合，也就是故事的開場，簡單說說我過去所體驗過的不可思議的事情。我只提出比較微不足道的，細微的體驗。因為如果要談改變人生的不可思議事件的話，可能大半的稿紙都會用光。

我於1993年到1995年之間，住在美國麻瑟諸塞州的劍橋。以駐校作家的資格在大學任教，其間正著手創作《發條鳥年代記》這部長篇小說。在劍橋的查爾斯廣場上，有一家叫做"Regatta Bar"的爵士樂俱樂部，我在這裡聽了許多次現場的演奏。是一家大小適中，氣氛輕鬆的爵士樂俱樂部。著名的音樂家常在那裡演出，消費也不太高。

有一次，鋼琴家Tommy Flanagan所率領的三重奏樂團在那裡演出。我太太那天晚上有事情，所以我就一個人去聽。Tommy Flanagan是我個人最喜歡的爵士鋼琴家之一。多半的場合他都是以伴奏者的身分，演奏出非常溫暖而有深度的，技藝高超而優雅安定的演奏。single tone 美得無與倫比。我特別選了緊靠舞台的前面一桌，一面喝著加州美露葡萄酒，一面欣賞他的舞台演出。不過如果讓我坦白陳述個人感想的話，那天晚上他的演奏並沒有多帶勁。也許是身體狀況不太好吧。夜晚的時刻也還早，所以氣氛可能還沒出來。雖然絕對不是不好的演奏，只是那裡頭缺少了一點把我們的心送到別的地方去的某種東西。也可以說是看不到魔法性的亮光吧。我想：「本來不應該是這樣的。等一下情況一定會好轉吧。」一面期待著一面聽著演奏。

但時間經過之後，熱度並沒有提高。隨著表演即將結束，「不希望就這樣結束」的接近焦躁的心情就變得越強烈。我希望有為了記得這一夜他的演奏的某種憑藉。如果一直這樣下去的話，事後只會留下溫溫涼涼不夠熱烈起勁的印象。或者也可能幾乎什麼都沒留下。而且今後也許再也沒有機會聽到Tommy Flanagan的現場演奏了（實際上真的沒有了）。我當時忽然想到。「如果現在有人給我點兩首Tommy Flanagan的曲子的權力的話，我會選什麼曲子呢？」我尋思了一會兒之後，選的是*Barbados*和*The Star-Crossed Lovers*這兩首曲子。

前一首是查理．帕克（Charlie Parker）的曲子，後者是艾靈頓公爵（Duke Ellington）的曲子。為了讓不熟悉爵士樂的人了解，我補充說明一下，這兩首曲子其實都不是很熱門的曲子。平常被演奏的機會不太多。前者偶爾還聽得到，但在查理．帕克所留下的作品之中不如說算是樸素的曲子，至於後者我想世間大多數的人可能會說：「這首聽都沒聽過」吧。換句話說，我在這裡想告訴你的是，這應該算是相當「澀」的選曲。

以憑空假設的選曲會選出這兩首這麼「澀」的曲子，當然自有我的理由。Tommy Flanagan在過去，曾經留下這兩曲令人印象深刻的演奏錄音。前者是在J. J. Johnson的樂團擔任鋼琴手時出的名叫《Dial J. J. 5》（１９５７年錄音）的唱片，後者收在擔任Pepper Adams = Zoot Sims雙頭五重奏的一員時，所錄的名叫《Encounter!》（１９６８年錄音）的唱片裡。Tommy Flanagan在他漫長的音樂生涯中，以伴奏者的身分演奏、錄音了無數多的曲子，而我多年來特別喜歡這兩首曲子中，他那雖然短，卻充滿知性的，清脆的獨奏，多年來一直愛聽著。所以，這兩首曲子，如果現在能夠實際聽到在我眼前演奏出來的話，那真是沒話講了，我想。他從舞台上走下來，筆直走到我的桌子前面來說：「嗨，你從剛才就一直盯著我，大概是有想聽的曲子。請說說看你想聽的兩首曲名。」我一面想著他會不會這樣，一面緊盯著他看。當然我知道這是不可能實現的妄想。

不過Tommy Flanagan最後在舞台上，什麼也沒說，也沒有往我這邊瞥一眼，卻為我演奏了這兩首曲子呢！首先是ballade（如歌的行板）*The Star-Crossed Lovers*，其次是up-tempo（快板的）*Barbados*。我手上拿著葡萄酒杯，失去了一切的語言。我想如果是爵士樂迷的話就會明白，在多如繁星的無數曲子之中，在舞台上的最後連續挑出這兩首曲子來的機率，真可以說要用天文數字來計算了。而且——這是這件事情的最大重點——這真是非常迷人的美妙演奏。

第二件事情也大約在同一個時期發生。這也是跟爵士音樂有關的事。有一天下午，我正在柏克萊音樂學院附近的一家中古唱片行找唱片。拚命尋找唱片架上的一排排舊LP，是我的人生中少數生活意義之一。那天我發現了Pepper Adams的《10 to 4 at the 5 Spot》，由Riverside公司出的老LP唱片。裡面包含有小喇叭手Donald Byrd的Pepper Adams熱烈的五重奏，這是在紐約的"5 Spot"爵士樂俱樂部演出時現場錄音的名盤。所謂"10 to 4"是指時間上午「差十分四點」，也就是三點五十分的意思。換句話說他們在那家俱樂部熱烈演奏到黎明前的時刻。是原版唱盤，盤質和新出品的一樣。價錢我想是七塊錢或八塊錢美金。我有這張唱片的日本盤，因為長年一直聽著已經有瑕疵了，而且這樣的價錢居然就能買到品質這麼優良的原版盤，誇張一點說，真是接近「輕度的奇蹟」了。在充滿幸福的心情下買了那張唱片，正要走出店門時，一個年輕男子擦身走進來碰巧問我：

「Hey, you have the time?（現在幾點？）」

我看看手錶，機械式地回答：「Yeah, it's 10 to 4.」

這樣回答完之後，發現其中偶然的一致而倒吸了一口氣。哎呀！我身邊到底正在發生什麼事情呢？如果有爵士樂的神——就在波士頓的上空——的話，也許正在對我眨眼微笑吧？他說，嗨，你樂吧？（Yo, you dig it ?）

這兩件事情，以內容來說都完全不足取。就算發生了，也不會為人生的流向帶來任何改變。以我來說，只不過是被某種不可思議打動而已。心想，這種事情是實際上真的會發生的啊。

事實上我是一個對神怪靈異性的現象幾乎不關心的人。心也沒有被占卜吸引過。我想與其特地去找算命師看手相，不如絞盡自己的腦汁想辦法解決問題還比較好。雖然絕對不是多好的腦袋，不過我還是覺得這樣好像比較快。我對超能力也不關心。對輪迴、靈魂、第六感、心電感應、世界末日的傳說等，老實說也沒有興趣。並不是說完全不相信。甚至認為有這一類的事情其實也沒有什麼關係。只不過我個人不感興趣而已。不過雖然如此，依然有為數不少的不可思議現象，在我渺小人生的好些地方增添了一些色彩。

關於這些我會積極地去做什麼分析嗎？不會。我只會把這些發生的事情暫且原樣接受下來，然後依舊極平常地繼續生活下去而已。只會恍惚地想到：「居然也有這種事情啊」或「也許真的有爵士樂的神也不一定啊」之類的。

以下要寫的，是一位朋友私下告訴我的故事。我在某個情況下，把剛才提出的兩件事情說給他聽時，他的眼神一時認真地落入沉思之後，「老實說，我也有過和這多少有點近似的經驗。」他說：「這是偶然所導致的體驗。雖然還不至於說非常不可思議，但為什麼會發生這種事情，卻想不到該怎麼適當說明。不管怎麼說，有幾個偶然的巧合重疊累積之後，結果就引導到一個意想不到的地方去了。」

為了避免被認出特定的個人，我改變了幾個事實。不過除此之外，都依照他所說的。

他是一個鋼琴調音師。住在東京西郊，多摩川附近。41歲，是同性戀。並沒有刻意隱瞞自己是同性戀的事實。有一個比他小三歲的男朋友，在做和房地產有關的職業，由於工作上的關係不能公開。所以兩個人分開住。他雖然是個調音師，但由於是音樂大學鋼琴系畢業的，因此鋼琴的才藝也不容忽視。對德布西、拉威爾、薩提（Erik Satie）等法國音樂相當擅長，能彈出深奧的意味來。他最喜歡的是浦朗克（Francis Poulenc）的曲子。

「浦朗克是同性戀。而且對世間並不隱瞞自己是同性戀的事。」他有一次說。「以當時來說，那是相當困難的事情。他還這樣說過：『我的音樂，如果拿掉我是同性戀的事實的話就無法成立。』他的言下之意我很了解。也就是說浦朗克如果要對自己的音樂誠實的話，對自己是同性戀的事實也不得不同樣誠實。音樂是這麼回事，生活方式也是這麼回事。」

我向來也很喜歡浦朗克的音樂。所以他來幫我調我家的舊鋼琴音律時，工作完畢後，曾經請他演奏過幾曲浦朗克的小品。像〈法國組曲〉和〈帕斯特拉〉等。

他「發現」自己是同性戀的事實，是在上了音樂大學之後。他說在那之前，他從來沒有考慮過有這樣的可能性。他人長得英俊，家庭教養又好，待人接物也穩重，所以從高中時代開始就很受身邊女生歡迎。雖然沒有固定的女朋友，不過也約會過幾次。跟她們出去他也覺得很愉快。喜歡從她們身邊望著她們的髮型，聞聞脖子的香味，握握她們的小手。不過並沒有過性的經驗。約會過幾次之後，他知道對方好像就會開始期待自己採取某種行動的樣子。不過他刻意不再往前踏出那一步。因為他無法感覺到，自己內在有不得不這麼做的必然性。身邊的男性朋友們都沒有例外地，擁有難以抑制的所謂性衝動的惡魔，不是不知如何是好，就是積極地去發洩。但他在自己身上卻看不到這種強烈的衝動。他想也許自己比較晚熟吧。而且還沒有遇到合適的對象吧。

進了大學，開始和同一學年的打擊樂器系的女孩子交往。兩個人很談得來，單獨相處時會有親密感。認識不久後，就在她的房間做愛了。是她誘惑他的。多少喝了一點酒。沒有什麼障礙地做完了，但感覺並沒有大家所說的那麼好，也沒有多興奮刺激。說起來，反而感覺有點粗暴和怪異似的。性興奮時女性從全身發出的微妙氣味，他好像無論如何都無法喜歡。與其和她直接發生性行為，不如只是親密談話，一起演奏音樂，一起吃東西，還比較快樂。然後隨著時日的增加，跟她做愛這件事情漸漸成為心裡的沉重負擔了。

雖然如此，他還以為自己只是在性方面比較淡泊而已。但有一次……不，這件事不提了。要說的話說來話長，而且跟這個故事沒有直接關係。總之發生了一件事情，他發現自己毫無疑問地正是同性戀者的事實。因為要找藉口也麻煩，所以就爽直地向女朋友坦白說：「我想我是同性戀。」於是過了一星期後，身邊幾乎所有的人，都知道他是同性戀了。這種話傳來傳去也傳到家人耳裡。因此他失去了幾個親密的好朋友，和父母之間也變得有點尷尬了，不過以結果來說也許這樣也好。因為把明白的事實收藏在櫥櫃裡過活，也不是他的個性。

不過最難過的是，和家人之中原來最親密的，比他大兩歲的姊姊的感情卻搞壞了。因為他是同性戀這件事被姊姊男朋友的家人知道了，所以本來即將結婚的計畫竟然因此而差一點觸礁。雖然總算說服了對方的雙親，終於結成婚了，但姊姊因為這一場騷動而變得半神經衰弱的狀態，對他非常生氣。為什麼偏偏要選在這個節骨眼上引起風波呢？這樣高分貝地責備弟弟。弟弟當然也有理由要說。從此以後兩個人之間，本來的親密感就不再回來了。而他也沒有出席結婚典禮。

他以一個獨居的同性戀來說，倒也過著自有他滿足的生活。穿著講究、親切有禮，富有幽默感，嘴角幾乎經常帶著感覺美好的微笑，很多人——除了對同性戀者在生理上就覺得反感的人之外——都對他懷有自然的好感。因為工作手腕一流，所以擁有很多固定的老顧客，收入穩定。也有一些有名的鋼琴家指名要他調音。

他在大學城的一隅買了一棟兩房的大樓公寓，貸款也大致還完了。擁有高級音響設備，精通調理生機飲食，每週上健身房五天做瘦身運動甩掉贅肉。在跟幾個男人交往過後，遇到現在的對象也已經將近十年了，維持著安穩而沒有不滿的性關係。

一到星期二，他就會一個人開著Honda的敞篷雙人座（綠色，手排檔）跑車穿越多摩川，到神奈川縣的Outlet Shopping Mall去。那家購物中心裡有GAP、Toysrus、The Body Shop等大型商店。一到週末人潮擁擠，連停車都難找到位子，但平常日卻大多很空閒。他會走進購物中心的大書店去，買買有趣的書，到設在書店一角的咖啡廳，一面喝咖啡一面看書，這是他每星期二的固定過法。

「購物中心本身是個討厭的東西。當然。不過那家咖啡廳卻不可思議地讓我感覺很舒服。」他說。「我偶然發現那地方。完全沒有放音樂，全場禁菸，椅墊子很適合讀書。既不太硬，也不太軟。而且經常空蕩蕩的。星期二一早就進去咖啡店的人不太多，就算有，也都去附近的Starbucks了。」

星期二，他在那沒什麼人的咖啡廳裡，從十點過後一直沉迷地讀書讀到一點。到了一點就到附近的餐廳去吃鮪魚沙拉，喝一瓶沛綠雅礦泉水，然後到健身房去暢快地流流汗。這是他星期二的過法。

那個星期二早晨，他和平常一樣地在書店的咖啡廳讀著書。查爾斯·狄更斯的《荒涼館》。雖然很久以前讀過，不過在書店的架子上看到時，興起了來重新讀讀的念頭。本來鮮明地記得故事很有趣的，但情節卻大多記不得了。狄更斯是他喜歡的作家之一。因為在讀著讀著狄更斯的時候其他的事情大多都會忘記。就像平常那樣，從最初的頁面開始讀之後，心就完全被那故事吸引進去了。

大約專心地讀了一個小時書之後，果然覺得疲倦了。把書合起來放在桌上，叫女服務生過來點了續杯咖啡，到店外的洗手間去一下再回來。坐回椅子上時，原來在鄰桌同樣安靜讀書的女人，開口向他打招呼。

「對不起。可以請問一下嗎？」

他嘴角浮上幾分曖昧的微笑看著對方。年齡大約和他差不多。「可以呀，請說。」

「我知道這樣打攪您很失禮，不過從剛才開始我就在想……」說著她有點臉紅。

「沒關係。反正我很空，不用客氣，請說。」

「嗯，是關於您現在正在讀的書，是不是狄更斯的？」

「是啊。」他拿起書向著她。「是查爾斯·狄更斯的《荒涼館》。」

「果然是。」那個女人鬆了一口氣似地說。「我稍微看到一點封面，心想也許是這本。」

「妳也喜歡《荒涼館》嗎？」

「是啊。不如說，我也一直在讀著同一本書。就在你的隔壁桌，很巧。」她也把正在讀著的書的書衣拿開，把封面給他看。

確實是值得驚訝的偶然。平常日的早晨，空閒的購物中心，空閒的咖啡廳，相鄰的座位上，兩個人正在讀著完全一樣的書。而且不是世間廣泛流行的暢銷小說，而是查爾斯·狄更斯的，算不上普及的作品。兩個人為這不可思議的巧合而驚訝，因此化解了初次見面的生硬感。

她住在這購物中心附近新開發的住宅區。大約五天前也是在這家書店裡買了《荒涼館》。然後坐在咖啡廳點了紅茶，隨意翻開書頁，一開始讀起來之後，竟然捨不得放開書了。一留神時兩小時已經過去。自從學生時代以來，第一次這麼專心地翻閱一本書。在這裡度過的時間實在太舒服了，因此又回到同一個地方來。為了繼續讀《荒涼館》。

她身材嬌小，雖然算不上胖，不過身體該細的部分卻多少開始長肉了。胸部豐滿，臉長得一副喜歡人的相貌。服裝品味高尚，似乎花了不少錢。兩個人談了一會兒。她加入一個讀書會，那裡選出的「本月之書」就是《荒涼館》。會員中有人是熱心的狄更斯迷，那裡的女孩子建議，下次讀《荒涼館》吧。因為有兩個小孩（小學三年級和一年級的女孩子），在日常生活中很難找到可以用來讀書的時間。不過偶爾可以像這樣改變一下場所，抽出空閒時間來讀書。平常來往的對象是孩子同班同學的母親們，她們之間所談到的話題，說起來不是電視節目就是老師的壞話而已，不太有什麼共通話題，所以加入地區的讀書會。丈夫以前也相當熱心地讀過小說，但最近貿易公司的工作太忙了，頂多只能拿起商業的專門書來讀。

他也簡單地談了自己。正在做鋼琴調音師的工作。住在多摩川的對面那邊。單身。因為喜歡這家咖啡廳，所以每星期特地開車來這裡讀書。不過沒有提到是同性戀的事。雖然沒有刻意隱瞞，不過也不必到處宣揚。

他們在購物中心裡的餐廳，一起吃了午餐。她是一個不造作而個性坦率的女人。一旦消除緊張之後，常常笑。聲音不太大，很自然的笑。她過去過的是什麼樣的人生，不需要一一去問也可以大概想像得到。在世田谷區比較富裕的家庭中珍惜地被扶養長大，進了不錯的大學，成績經常名列前矛，也受同學歡迎（也許在男生朋友之間，不如在女生朋友之間受歡迎），跟擁有經濟能力、大她三歲的男人結婚，生了兩個女兒。孩子上私立小學。長達十二年的婚姻生活，就算稱不上多采多姿，但也沒有稱得上問題的地方。兩個人一面吃著簡單的午餐一面聊一聊最近讀過的小說，喜歡的音樂。他們在那裡聊了一個鐘頭左右。

「能跟你聊天很愉快。」用過餐時，她一面紅著臉一面這樣說。「我周圍都沒有能像這樣自由地談這種話題的人。」

「我也很愉快。」他說。這並不是謊話。

第二週的星期二，他在同一家咖啡廳讀著同一本書時，她走進來了。兩個人碰面後就微笑並輕輕點頭。然後在分開的桌子坐下來，分別默默地讀著《荒涼館》。快到中午時，她走到他的這桌來，出聲招呼。然後和上週一樣，兩個人一起用餐。她提出邀請說，這附近有一家不錯的雅致法國餐廳，要不要到那裡去？因為這個購物中心裡沒有什麼比較像樣的餐廳。好啊，去吧，他同意。開她的車（藍色的 Peugeot 1306，自動排檔）兩個人到那家餐廳去吃飯，點了水芹沙拉，和燒烤鱸魚。也各點了一杯白葡萄酒。然後隔著餐桌談有關狄更斯的小說。

用餐完畢，要回購物中心的途中，她在公園的停車場把車子停下來，握了他的手。然後說想要兩個人到一個「安靜的地方」去。他對事情進展的快速有點驚訝。

「我自從結婚以後，從來沒有做過這種事情。一次也沒有。」她好像在辯解似地說。「真的。可是這一星期之間我一直在想你的事情。我不會給你帶來負擔，也不會找你麻煩。當然前提是，如果你不討厭我的話。」

他溫柔地回握對方的手，以安靜的聲音說明狀況。如果我是一個普通男人的話，可能會很高興地跟妳到某個「安靜的地方」去。因為妳是一個非常有魅力的女人，能跟妳在一起度過親密的時間，我想一定會很美好。不過老實說，我是同性戀者。所以沒辦法以女性為對象做愛。雖然也有一些同性戀者是可以跟女性做愛的，但我不是。請妳諒解。我可以當妳的朋友。但很遺憾，卻無法當妳的戀人。

他說明的意思對方花了一些時間才充分理解（因為遇到同性戀者，在她這輩子還是頭一次的經驗），她明白了真相之後開始哭起來。把臉靠在調音師的肩膀上，哭了很久。也許深受打擊吧。真可憐，他想。而且抱著她的肩膀，溫柔地撫摸她的頭髮。

「對不起。」她說。「因為我的關係，竟然讓你說出了不願意說的事情。」

「哪裡，沒關係。因為我並沒有刻意對世間隱瞞這件事情。也許我應該預先暗示。才不會引起誤會。不管怎麼說，我覺得好像是我對妳做了不好的事情。」

他以五根修長的手指，溫柔地，花時間繼續撫摸她的頭髮。讓她激動的情緒逐漸平靜下來。他發現她右側的耳垂上有一顆黑痣，感到一股像要窒息的懷念。因為比他大兩歲的姊姊，在類似的地方，也有一顆幾乎同樣大小的黑痣。小時候，姊姊睡覺的時候，他常常開玩笑地用手指在那顆痣的地方摩擦想擦掉它。這樣一來姊姊總是會醒過來然後生氣。

「不過，因為遇見你，這一星期我的心每天都七上八下。」她說。「這種心情，真的很久沒有了。好像回到十幾歲，很開心呢。所以很好。我到美容院去，做了短期間的減肥，買了義大利製的新內衣……」

「好像讓妳破費不少。」他笑著說。

「不過，也許現在的我需要這樣吧。」

「妳是說？」

「想把自己的心情，試著化為某種形式。」

「例如買義大利製的性感內衣？」

她連耳根都紅起來了。「那不是性感內衣，只是非常漂亮而已。」

他微微笑地看著對方的眼睛。然後表示自己只是為了緩和當場的氣氛，而說了無關緊要的笑話而已。她也理解地微笑了。兩個人暫時凝視著彼此的眼睛。

然後他拿出手帕來幫她擦眼淚。女人抬起身來，用車上遮陽板上附著的鏡子補妝。

「我後天，要到東京市內的一家醫院去接受乳癌的複檢。」把車子停進購物中心的停車場，拉起手煞車後，她這樣說。「因為定期身體檢查時X光攝影發現可疑的陰影，所以聯絡我要再去做一次詳細檢查。如果那真的是癌症的話，就非立刻住院接受手術不可了，今天會這樣，說不定也因為有這件事的關係。換句話說——」

一陣短暫的沉默。然後她連搖了幾次頭。緩慢，但強烈地。

「自己也不太清楚。」

調音師暫且推測了一下她沉默的深度。側耳傾聽，試著聽出那沉默中的微妙音調。

「星期二的上午，我大多都會在這裡。」他說。「雖然我幫不上什麼大忙，不過，如果妳不嫌棄的話，我想我可以當妳說話的對象。」

「我沒有對任何人說，連對我先生也沒說。」

他把手重疊在她放在手煞車上的手上。

「我好害怕。」她說。「有時候會變得什麼都沒辦法思考。」

旁邊的停車位停著一輛藍色迷你休旅車，從裡面走出一對臉色不高興的中年夫婦來。聽得見對話的聲音。兩個人好像在互相責備的樣子。為了某種無關緊要的小事情。他們走掉以後，週遭再度恢復沉默。她閉上眼睛。

「我實在沒有立場說什麼大話。」他說。「不過如果不知道怎麼辦才好的時候，我每次都緊緊抓著一個規則。」

「規則？」

「如果非要從有形的東西，和無形的東西之間，二選一不可的時候，我會選無形的東西。這是我的規則。每次碰壁的時候，我都遵照這個規則去做，以長遠的眼光來看的話，我想那樣會產生好的結果。就算當時很難過也一樣。」

「這個規則是你自己訂出來的嗎？」

「對。」他向著Peugeot汽車的儀表板說。「當作一個經驗法則。」

「如果非要從有形的東西，和無形的東西之間，二選一不可的時候，要選無形的東西。」她重複說。

「沒錯。」

她想了一下。「你這樣說，我現在一時也不太明白。到底什麼是有形的，什麼是無形的？」

「說得也是。不過，這可能要到不得不做選擇的時候才知道。」

「你知道嗎？」

他安靜地點頭。「像我這種資深的同性戀者就會漸漸學到各種特殊的能力。」

她笑了。「謝謝。」

然後又是一段漫長的沉默。不過這沉默已經沒有剛才的那種濃密的窒息感了。「再見。」她說。「很多事情真的要感謝你。能夠遇見你，跟你說話真好。我覺得現在好像稍微有一點勇氣了。」

他微微笑著跟她握手。「希望你好好過日子噢！」

他站在那裡，目送著她的藍色Peugeot車離去。最後朝向鏡子揮揮手。然後慢慢走到自己的Honda車停的地方。

下週的星期二下雨。她沒有在咖啡廳露面。他在那裡默默地讀書到一點鐘，然後離開。

調音師那天沒有到健身房去。因為沒有心情運動身體。也沒有去吃中餐，就直接回到自己家。然後坐在沙發上一面聽著魯賓斯坦所演奏的蕭邦的ballade集，一面恍惚地發著呆。一閉上眼睛時，眼前便浮現開著Peugeot車的嬌小女人的臉，她頭髮的觸感也在指尖甦醒過來。鮮明地想起耳垂上痣的黑色形狀。隨著時間的過去，女人的臉和Peugeot車的形象消失之後，只有那黑痣的形狀還清晰地留下。那小黑點，不管睜開眼或閉上眼都還浮在那裡，像沒打上的句點般靜悄悄，但不停地搖晃他的心。

下午兩點半過後，他決定打電話到姊姊家看看。最後一次跟姊姊講話到現在，已經過了相當長的歲月了。多久了呢？十年？兩個人的感情已經變得這樣疏遠了。姊姊結婚的事情差一點出問題時，在情緒激動的狀態下，彼此說了不該說的話，這是原因之一。姊姊結婚的對象他不喜歡也是原因之一。那個男人是個驕傲而俗氣的人，把他的性傾向當成不治的傳染病般看待。除了不得已的場合之外，他不願意走近距離那個男人100公尺以內。

他猶豫了好幾次才拿起電話聽筒來，終於撥完最後一個號碼。電話鈴響了十次以上，他放棄了——不過一方面也鬆了一口氣——正想掛上聽筒時，姊姊來接了。好懷念的聲音。知道是他之後，電話的那一頭一瞬間落入深深的沉默。

「你怎麼會，打電話來？」姊姊以缺乏抑揚頓挫的聲音說。

「不知道。」他老實說。「只是覺得好像該打電話比較好。因為有點掛念姊姊。」

重新落入沉默。漫長的沉默。也許她還在生我的氣？他想。

「沒有什麼事情。只想知道妳很好就行了。」

「等一下。」姊姊說。從那聲音，他可以聽出她正在不出聲地在電話那頭哭泣著。「對不起，請你等一下好嗎？」

又是接連一陣沉默。他在那之間一直把聽筒抵著耳朵。聽不見任何聲音。沒有任何動靜。然後姊姊說：「你今天從現在開始有空嗎？」

「有空啊。我沒事。」他說。

「我現在到你那邊去可以嗎？」

「可以呀。我會到車站去接妳。」

一小時後，他在車站前面接到姊姊，把她帶到他住的大廈房間去。事隔十年後才再度重逢，姊姊和弟弟分別都不得不承認對方身上已經增加了十年的年齡。歲月真的不饒人。而對方的模樣，也等於映出自己變化的鏡子。姊姊依然瘦瘦的，身材很好，看起來比實際年齡年輕五歲。不過臉頰比起過去更消瘦。原來令人印象深刻的黑眼睛也失去了以前的溫潤光澤。他也比實際年齡看起來年輕，不過誰都看得出髮際明顯有點退後開始微禿的傾向。在車上，兩個人有點顧慮地只照例聊一下。工作情況怎麼樣啊？孩子們都好嗎？共同認識的人有什麼消息？雙親的健康狀態如何？

進到屋子裡之後，他到廚房去燒開水。

「你還在彈鋼琴嗎？」她看到客廳擺著的直立式鋼琴時說。

「彈興趣的。只彈簡單的曲子。難的曲子彈不來。」

姊姊打開鋼琴蓋，把手指放在經常彈而變了色的琴鍵上。「我以前還心想你將來會當一個專門在音樂會中演奏的有名鋼琴家呢。」

「所謂音樂的世界，就是神童的墓場啊。」他一面磨著咖啡豆一面說。「當然對我來說，放棄當一個鋼琴家，是一件非常遺憾的事情。那當然，很失望噢。覺得過去所累積起來的東西全部都歸零，一切都白費工夫。也曾經有過想消失到什麼地方去的念頭。不過不管怎麼想，我的耳朵還是比我的手指優秀多了。琴彈得比我好的人還滿多的，不過卻沒有人耳朵比我靈敏的。上大學不久之後，我發現這個事實。於是我這樣想，對我自己來說，與其當一個二流的鋼琴家，不如當一個一流的調音師比較好。」

他從冰箱拿出咖啡用的奶精，注入陶瓷的小容器中。

「說起來很不可思議，自從專門主修調律以來，反而開始能夠享受彈鋼琴的樂趣了。從小開始就拚命努力學彈鋼琴。在不斷的勤快練習之下，技術漸漸進步，自己當然也覺得有趣喲。不過卻從來沒有一次覺得彈鋼琴很快樂過。我一直只不過以克服困難的問題點為目的在彈著。一心想著不要彈錯、不要彈得不順。要彈得讓別人佩服。不過自從放棄當一個鋼琴家之後，終於能夠理解演奏音樂時的類似喜悅的感覺了。覺得音樂真是美好的東西啊。感覺簡直像沉重的包袱從肩膀上卸下來了似的。雖然過去背負著的時候，並沒有發覺自己正背負著那樣的東西。」

「這件事情，你從來沒有告訴過我。」

「我沒說過嗎？」

姊姊默默地搖搖頭。

也許是吧，他想。也許沒有說過。至少沒有像這樣好好說過。

「發現自己是同性戀的時候，也一樣。」他繼續說。「我心中本來也有幾個無法解答的疑問，因此才塵埃落定。原來如此，是因為這樣的關係呀，因此才覺得輕鬆多了。就像原來籠罩在霧靄中的景物，突然一瞬之間變得清晰開朗起來。因為放棄當鋼琴家，和是同性戀的事實公開出來，也許讓周圍的人很失望。不過我希望你能夠理解，這樣一來我才好不容易可以恢復為本來的我了。恢復我自己原來的樣子。」

他把咖啡杯放在坐在沙發上的姊姊前面。自己也拿著馬克杯，在她旁邊坐下來。

「我也許應該多理解你一點。」姊姊說。「不過在那之前，你怎麼不把更多事情詳細跟我們說明呢？應該敞開心胸坦白告訴我們，你那時候心裡是怎麼想的──」

「我不想說明什麼。」他打斷地說。「我想不需要一一說明，你們應該就會了解我的。尤其是姊姊妳呀。」

姊姊無言以對。

他說：「那時我完全沒辦法考慮周圍人的心情。我實在還沒有餘裕去思考。」

一想起當時的事情，聲音就有點顫抖。有種快哭出來的心情。不過他總算控制住。然後繼續說。

「在很短的時間之內，我的人生就整個大轉變。為了不被那震撼所甩掉，我好不容易抓緊。好害怕，怕得不得了。那時候，沒辦法對別人說明。覺得好像要從世界上滑落下去了似的。所以我只希望人家能了解我。而且希望有人能緊緊抱住我。別要求我說道理呀，說明什麼的。可是沒有一個人——」

姊姊雙手掩著臉。肩膀開始抽動，沒發出聲音地開始哭起來。他悄悄把手放在姊姊肩膀上。

「對不起。」姊姊說。

「沒關係。」他說。然後在咖啡裡放入奶精，用湯匙攪拌，為了緩和心情而慢慢喝著。「你不需要為這種事哭。因為我那時也有不對。」

「嘿，你今天怎麼會打電話來？」姊姊抬起頭來，筆直看著他的臉說。

「今天？」

「十年以上都沒說話了，為什麼特別選在今天——的意思。」

「因為發生了一件小事情，所以想到姊姊。心想，不知道妳怎麼樣了？好想聽聽妳的聲音。只有這樣而已。」

「不是有人告訴你什麼嗎？」

姊姊的聲音裡有特殊的聲響，這使他緊張起來。「不，沒有人告訴我什麼。發生了什麼事嗎？」

姊姊像要整理情緒似地沉默了一下。他耐心地等她開始說。

「老實說我從明天開始要住院。」姊姊說。

「住院？」

「後天要做乳癌手術。切除右側。整個切除。不過誰也不知道，這樣癌是不是就能夠順利停止蔓延。說是切掉之後才知道。」

他一時說不出話來。手依然放在姊姊肩膀上，沒什麼用意地一一順序眺望著放在房間裡的各種東西。時鐘、擺飾物、月曆、音響遙控器。應該是看慣的房間裡的看慣的東西，卻怎麼也無法掌握物體與物體之間的距離感。

「一直很猶豫，要不要跟你聯絡，」姊姊說：「不過我想也許不要說比較好，就沒說。我非常想見你。我想一定要跟你好好談一次。而且也不能不跟你道歉。可是……又不想在這樣的情況下才再見面。我的意思你懂嗎？」

「我懂。」弟弟說。

「同樣是見面，我也希望是在更好的狀況下，以更開心的心情見面。所以決心不跟你聯絡。不過正好就在這樣的時候，你打電話過來了——」

他什麼也沒說，雙手從正面緊緊地抱住姊姊的身體。以自己的胸部感覺她兩個乳房的形狀。姊姊把臉靠在他的肩膀上，一直哭著。姊弟兩人長久保持著這樣的姿勢。

終於姊姊開口問道：「你剛才說因為遇到一點事情，所以想起我來，到底遇到了什麼樣的事情?可以告訴我嗎?」

「應該怎麼說才好呢?三言兩語也沒辦法說明。不過是有一點事情。幾個偶然加在一起。因為偶然加偶然，於是我——」

他搖搖頭。距離感還沒有順利回來。遙控器和擺飾物之間依舊還間隔著幾光年。

「我沒辦法好好說明。」他說。

「沒關係。」姊姊說。「不過幸虧見到了。真是太好了。」

他伸手摸摸姊姊的右邊耳垂，用指尖輕輕摩擦黑痣。然後就像往重要地方送出無言的呢喃似地，在耳朵上輕輕吻一下。

「姊姊動手術切除右邊乳房，幸虧癌症沒有蔓延，所以化學治療算是做輕微的就可以。也沒有掉頭髮之類的事情。現在情況已經完全復元了。住院的時候我每天去看她。因為，對女人來說失去一個乳房是相當難過的事情啊。出院以後也開始常常到姊姊家去玩。跟外甥和外甥女越來越親。也開始教外甥女彈鋼琴。我是她舅舅也許不該這麼說，但她彈得真不錯，跟姊夫實際試著交往以後，發現他也沒有想像中那麼討人厭了。雖然還是有一點傲慢的地方，有一點俗氣，不過確實很努力在工作，最主要的是能夠愛惜姊姊。而且他也終於理解同性戀沒有傳染性，也不會傳染給外甥和外甥女。這雖然是很小但也是很偉大的一步噢。」

他這樣說完笑了起來。

「能跟姊姊重新和好，感覺我的人生好像因此而能往前踏出一步了似的，或者說能夠比以前活得更自然了……。這也許是，我不得不好好面對的一件事情吧。我想我內心深處長久以來，一直渴望能夠跟姊姊和解，希望能擁抱她。」

「可是那需要有一個契機？」我問。

「沒錯。」他說。而且點了好幾次頭。「契機比什麼都重要。我那時候忽然這樣想。偶然的一致，說起來也許是到處普遍存在的現象。也就是說那一類的事情在我們周圍，是日常經常發生的。但我們大半沒有留意到，就那樣忽略過去了。就像大白天射向天空的煙火一樣，只聽到微弱的聲音，就算抬頭望向天空也什麼都看不見。可是如果我們有強烈追求的心願的話，那可能就會在我們的視野裡，以一個訊息浮現出來。變得可以鮮明清晰地讀出那圖形和意思來。而且我們看到那種東西時，就會驚嘆道：『啊，這種事情居然也會發生。真不可思議。』其實就算一點也不奇怪的事情也一樣。就會有這種強烈的感覺。為什麼呢，是我的想法太牽強嗎？」

我試著思考一下他所說的話。是啊，也許是這樣，我可以這樣回答他。不過這是不是可以這麼簡單地說出結論的事情呢？卻不太有自信。於是我說：「以我來說，我沒想那麼多，只是簡單地繼續信奉有爵士樂的神明說。」

他笑了。「那也很不錯啊。如果也有同性戀的神也不錯。」

他在書店的咖啡廳遇見的嬌小女人，後來遭遇到什麼樣的命運呢，我並不知道。因為我的鋼琴已經有半年以上沒有調音了，所以沒有機會遇到他，跟他談話。他現在可能依然每逢星期二，就會度過多摩川到那家書店的咖啡廳去，可能什麼時候跟她碰過面。不過還沒聽他談起。因此目前故事就到這裡結束。

不管是爵士樂的神或同性戀的神——或者其他任何的神都沒關係——我衷心希望，在某個地方，好像裝成是某種偶然一般，保護著那個女人。非常簡單地。

哈那雷灣

Sachi的兒子十九歲的時候，在哈那雷灣（Hanalei Bay）被大鯊魚攻擊而死掉。正確說的話，並不是被吃掉的。是他一個人到海上衝浪時，右腳被鯊魚咬斷，因為這衝擊而溺死。所以據說正式的死因就變成是溺死。衝浪板也幾乎被咬成兩半。鯊魚不喜歡吃人。說起來人肉的味道並不合鯊魚的胃口。鯊魚咬一口之後，大多就會感到失望而離開。所以即使受到鯊魚襲擊，只要不陷入恐慌，只失去一隻手或一隻腳而生還的例子很多。只是她兒子太驚慌了，所以可能引起心臟病發作之類的，喝了大量的水而溺死。

Sachi接到夏威夷火奴魯魯日本領事館的通知時，就那樣跌坐在地上。腦子裡一片空白，什麼也沒辦法思考。只能無力地攤坐在那裡，凝視著眼前牆壁上的一點。到底就那樣呆坐了多長的時間，她也不知道。不過終於回過神來，查了航空公司的電話號碼，訂了飛往火奴魯魯的機票。依照領事館員的吩咐，總之不得不盡快趕到現場去，確認那是不是真的是自己的兒子。搞不好，弄錯人了也不一定。

可是因為正好碰上連休假期，說是當天和第二天飛往火奴魯魯的班機都沒有任何空位。每家航空公司情況都一樣。不過經過說明事由之後，聯合航空公司的辦事員說：「總之，請您現在馬上就到機場來。我們會想辦法幫您找空位。」整理了簡單的行李去到成田機場時，女性辦事員已經在等著交給她一張商務艙的機票。「這是現在唯一的空位。不過您可以只付經濟艙的票價就行了。」她說。「您一定很難過，不過請務必打起精神來。」謝謝，真的幸虧你們幫忙，Sachi道了謝。

到了火奴魯魯機場時，Sachi才想起來，因為太慌張了，所以竟然忘記通知領事館員到達時刻了。火奴魯魯的日本領事館員說要陪她到可愛島（Kauai）去的。可是現在開始聯絡再等人來接也麻煩，所以就決定自己一個人到可愛島去看看。到了當地總會有辦法吧。於是轉搭班機，到可愛島時已經快中午了。她在機場的Avis租車公司租了車子，先到附近的警察局去。然後說她接到兒子在哈那雷灣被鯊魚襲擊死掉的通知，從東京趕來。戴著眼鏡頭髮花白的警察，帶她到一個像冷藏庫般的遺體安置所去。讓她確認一隻腳已經被吃掉的兒子屍體。右腳從膝蓋上方就不見了。從斷面可以看到令人心疼的白色骨頭。那毫無疑問就是她的兒子。臉上沒有什麼所謂的表情，看起來就像極普通地睡著了似的。不覺得已經死了。可能有人幫忙把表情調整過吧。如果用力搖撼他的肩膀，看起來好像會嘀嘀咕咕地一面抱怨一面坐起來似的。就像以前每天早上的習慣那樣。

在另外一個房間，她在確認那遺體就是自己兒子的文件上簽了名。警察問她打算怎麼處理兒子的遺體。不知道，她說——一般是怎麼處理的呢？警察說，最普通的做法是火葬之後，把骨灰帶回去。遺體直接運回日本也行，不過手續比較麻煩，費用也比較高。另外也可以葬在可愛島的墓地裡。警察這樣說明。

那麼就請幫忙火葬吧。我要把骨灰帶回東京，Sachi說。兒子已經死掉了。不管怎麼樣都沒有復活的希望了。無論是灰也好骨也好遺體也好，又有什麼不同呢？她在火葬許可申請書上簽了名。付了費用。

「我只有美國運通卡。」Sachi說。

「美國運通卡就可以了。」警察說。

我在用美國運通卡支付兒子的火葬費，Sachi想。這對她來說覺得相當沒有現實感。就和兒子被鯊魚襲擊死掉一樣，缺乏現實味。火葬據說要在第二天上午舉行。

「妳英語講得很好噢。」那位負責的警察一面整理文件一面說。是一位名字叫做Sakata的日裔警察。

「我年輕時候曾經在美國住過一段時間。」Sachi說。

「難怪。」警察說。然後把她兒子的東西交給她。有衣服、護照、回程機票、皮夾、隨身聽、雜誌、太陽眼鏡、化妝包。小旅行袋裡，裝了這些全部的東西。Sachi也必須在把這些瑣碎東西列成清單的收據上簽字。

「妳還有其他孩子嗎?」警察問。

「沒有,我只有這一個孩子。」Sachi回答。

「妳先生這次沒有一起來嗎?」

「我先生很早就過世了。」

警察深深嘆了一口氣。「真遺憾。如果有我們能幫得上忙的地方,請告訴我。」

「請告訴我,我兒子死掉的地方、住過的地方。也許有住宿費還沒付清。還有我想跟火奴魯魯的日本領事館連絡,可以借用電話嗎?」

警察把地圖拿過來,用簽字筆在她兒子衝浪的地點,和投宿旅館的地點做記號。她決定在警察推薦的街上小旅館住下來。

「我個人倒要拜託妳一件事情。」叫做Sakata的初老警察在臨別前對Sachi說。「在這個可愛島,大自然往往會奪去人的性命。如您所見,自然環境相當美麗,但同時有時候也很粗暴,能置人於死地。我們在這樣的可能性伴隨之下,生活在這裡。妳兒子的事情我覺得非常遺憾,也打心裡同情。不過請不要因為這次的事件,而懷恨或厭惡我們的島。這個要求妳聽起來或許會覺得任性又自私。不過這是我的請求。」

Sachi 點點頭。

「太太，我母親的哥哥，1944年在歐洲戰死，地點在法國和德國交界的附近。他是日裔所組成的部隊一員，在去援救被納粹軍包圍的德州大隊時，被德軍射擊的砲彈直接射中而死。事後只留下兵籍號碼牌，和零散的肉片而已。據說這些都飛濺到雪地上。我母親深愛她哥哥，所以據說從此以後整個人都好像變了。我只知道改變以後的母親。那真是非常傷心的事情。」

警察說著搖搖頭。

「不管發動戰爭的名義是什麼，戰爭中的死，都是因為交戰雙方的怨恨和憎恨所引起的。但自然卻不一樣。自然並沒有偏向哪一邊。這件事情我想對妳來說一定是很難過的經驗，不過請妳盡量試著這樣想。妳兒子跟發動戰爭的名義、憤怒和憎恨都無關，只是回到大自然的循環中去了。」

第二天，火葬結束，領到一個裝著遺骨的小鋁壺之後，她就開著車子，來到北岸深處的哈那雷灣。從警察局所在地的里惠（Lihue）街上到這裡大約花了一小時。因為幾年前的一場大颱風，島上幾乎大多的樹木都受到嚴重打擊而大為改觀。依然可以看到一些屋頂被吹走的木造房屋遺跡。有些地方連山的形狀都改變了。是個自然環境非常嚴酷的地方。

通過了彷彿半睡眠狀態的哈那雷的小村子，再往前一點的地方，就到了兒子被鯊魚襲擊的衝浪地點了。她把車停在附近的停車場，坐在沙灘上，眺望著五名左右的衝浪者正在浪頭上的樣子。他們抓著衝浪板漂浮在海上。當巨大的浪湧過來時，就逮住浪頭加上助跑站到板子上，乘著浪來到接近岸邊的地方。浪頭的力道漸漸減弱後，身體失去平衡人掉落水中。然後收回浪板，再往外打水前進，一面衝破浪頭一面回到海上。這樣反覆來回。Sachi不太能理解。這些人不怕鯊魚嗎？或者沒有聽說我的兒子前幾天才在這同一個地點被鯊魚咬死嗎？

Sachi坐在沙灘，漫無目的地一直眺望著這樣的光景約一小時左右。無法思考任何具體的事情。重擔般的過去，就那麼簡單地不知消失到什麼地方去了，而未來則還在極遙遠的、昏暗的地方。無論任何時態，都跟現在的她幾乎沒有任何聯繫。她坐在現在這個恆常移動的時間性中，機械式地以眼睛追逐著，由波浪和衝浪者所形成的單調反覆的風景。現在我最需要的是時間，她在某一個時點忽然想到這點。

然後她到兒子住過的旅館去。衝浪者住的又髒又小的旅館，有個荒涼的庭園，兩個長頭髮半裸的年輕白人，坐在帆布椅上喝著啤酒。腳邊的雜草叢中躺著幾個Rolling Rock的綠色酒瓶。兩個人除了一個是金髮一個是黑髮之外，長相相同，個子也差不多。手腕上都刺著華麗的刺青。微微聞得到大麻的味道，混合著狗糞的氣味。Sachi走近時，他們就以警戒的眼光看著她。

「我兒子住在這個旅館，三天前被鯊魚襲擊死掉了。」Sachi這樣說明。

兩個人面面相覷。「妳是說Tekashi嗎？」

「沒錯，就是Tekashi。」Sachi說。

「滿酷的傢伙。」金髮的說。「真可憐。」

「那天早晨，嗯，有很多海龜游進海灣來。」黑髮的以放鬆的聲音說明。「鯊魚為了追逐海龜而游進來。啊，平常牠們是不會襲擊衝浪者的噢。我們跟鯊魚還相處得不錯。不過……嗯，鯊魚也有各種不同的啊。」

她說是來付旅館住宿費的。因為她想可能還有沒付清的部分。

金髮的皺起眉頭，把啤酒瓶在空中搖一搖。「嘿，阿姨，妳不太清楚。這裡採取的是預付制，否則不給客人住宿。因為是給貧窮的衝浪者住的便宜旅館哪，所以不可能有沒付清的房租。」

「阿姨，妳要不要把Tekashi的衝浪板帶回去？」黑髮的說。「已經被鯊魚咬得傷痕累累，斷成兩半就是了。是舊的Dick Brewer牌的。因為警察沒帶走，所以，啊，我想應該還放在那邊。」

Sachi搖搖頭。那種東西看都不想看。

「真可憐啊。」金髮的又再說著同樣的話。好像也想不到其他台詞似的。

「好酷的傢伙。」黑髮的說。「很OK的。衝浪技術也很高明。噢，對了，我們前一個晚上還在一起……在這裡喝龍舌蘭酒呢。嗯。」

結果Sachi在哈那雷灣的街上住了一星期。租了最像樣的旅館，在那裡自己一面簡單開伙一面過日子。在回日本以前，她必須想辦法讓自己復原。她買了塑膠椅、太陽眼鏡、帽子和防曬乳液，每天坐在沙灘眺望著衝浪者的姿態。一天會下幾次雨。而且是激烈的傾盆大雨。秋季的可愛島北岸的天氣依然不安定。一下起雨來就躲進車子裡去，望著雨。雨停了之後，又走出海灘去看海。

從此以後Sachi每年到了這個時期，就會到哈那雷去。在兒子忌日的前幾天來到，停留三星期左右。來到之後，每天就帶著塑膠椅到海邊去，眺望衝浪者的身影。除此之外並沒有做任何其他事情。只是整天坐在沙灘而已。這樣已經持續了十年以上了。她住在同一家旅館的同一個房間，在同一個餐廳一個人一面看書一面用餐。這樣每年，像蓋章一般繼續之間，也有幾個熟悉的談話對象了。因為是個小地方，所以現在多數人都記得Sachi的臉了。他們知道這個日本女人的兒子就是在這附近被鯊魚咬死的。

那一天，她把車況有點糟的出租車開到里惠機場去換了另一輛車回來，在途中遇到兩個想搭便車的日本年輕人。他們把大運動行李袋從肩膀上卸下來，站在Ono家庭餐館前面，無依無靠地向車子伸出朝上的拇指。一個身材高高瘦瘦的，另一個則矮矮胖胖的。兩個人都把頭髮染成茶色留長到肩膀，穿著舊舊垮垮的T恤，寬寬鬆鬆的短褲和涼鞋。Sachi的車子就那樣開過去，前進了一會兒之後才又改變主意，掉轉方向開回來。

「你們要到哪裡？」她搖下車窗用日語問。

「啊，會說日語呢。」高個子的說。

「因為是日本人哪。」Sachi說。「你們要到哪裡？」

「要去一個叫做哈那雷的地方。」高個子的說。

「要搭車嗎？我剛好要回去那裡。」Sachi說。

「真感謝。」矮個子的說。

他們把行李放進後行李廂，然後兩個人打算一起坐進Neon車的後座。

「你們兩個人都坐後面不太好。」Sachi說。「因為這不是計程車，所以請一位到前面來坐，這是禮貌。」

結果由高個子的誠惶誠恐地坐到前面的副駕駛座。

「這是什麼車呢？」高個子一面辛苦地把長腳彎曲起來一面問。

「DODGE Neon。是克萊斯勒製造的。」Sachi說。

「哦，美國也有這麼狹小的車子啊。我姊姊開的是可樂娜，還比這個寬敞呢。」

「美國人並不是全部都開那種大型的凱迪拉克。」

「不過這也真小。」

「如果你不中意的話，可以在這裡下車沒關係。」

「不，我說的不是這個意思。真傷腦筋。只是因為狹小，有點驚訝而已。我總以為美國車全都是很大的。」

「那麼，你們到哈那雷來，是要做什麼？」Sachi一面開車一面問。

「算是，來衝浪的吧。」高個子說。

「衝浪板呢？」

「打算到了當地再想辦法。」矮個子說。

「從日本特地帶來也很累人，而且聽說這裡也可以買到便宜的二手貨。」高個子說。

「那，阿姨也是來這裡旅行的嗎？」矮個子說。

「對。」

「一個人嗎？」

「沒錯。」Sachi爽快地說。

「會不會是，傳說中的衝浪者？」

「那有可能！」Sachi嘆了口氣說。「不過你們在哈那雷住的地方訂了沒有？」

「還沒有，因為想到了那裡總有辦法吧。」高個子說。

「我們想如果不行的話，就在沙灘露宿也可以。」矮個子的說。「我們沒什麼錢。」

Sachi搖搖頭。「這個季節的北岸，夜晚溫度會降得很低，在屋子裡都需要穿毛衣。露宿的話身體會搞壞喲。」

「那，夏威夷不是說四季常夏的嗎？」高個子問。

「夏威夷不折不扣是在北半球啊，當然也有四季。夏天很熱，冬天也會有點冷。」Sachi說。

「那麼，就不得不找個有屋頂的地方住了。」矮個子說。

「嗯，阿姨，妳能幫我們介紹個住的地方嗎？」高個子說。「我們幾乎不會說英語。」

「聽說在夏威夷說日語到處都可以通，可是來到以後，卻發現完全不通啊。」矮個子說。

「那當然哪。」Sachi嘆口氣說。「日語可以通的地方，只有歐胡島（Oahu），而且只有Waikiki的一部分而已。日本人來到這裡，只會買一些LV啦、Chanel之類貴重的名牌東西回去，所以那邊也特別找來會說日語的店員，還有就是Hyatt啦、Sheraton Hawaii等觀光飯店。跨出這種地方之後，就只有說英語才通了。因為這裡是美國啊。連這種事情都不知道就跑到可愛島來嗎？」

「噢，不知道啊。因為我媽說，在夏威夷日語到處都可以通的。」

「真要命。」Sachi說。

「嗯，只要最便宜的旅館就行了。」矮個子說。「因為，妳看，我們沒有錢。」

「哈那雷最便宜的旅館哪，第一次來、沒經驗的人最好別住。」Sachi說。

「因為有點危險。」

「怎麼個危險法？」高個子問。

「主要是毒品。」Sachi說。「因為衝浪者之中，有些人素行相當不良。如果只是大麻的話還好，如果出現ice的話就很慘了。」

「什麼叫做ice？」

「我們沒聽過啊。」高個子的說。

「像你們這種，什麼都不知道的呆子，最容易被他們當成上鉤的大魚。」Sachi說。「所謂ice啊，是一種在夏威夷蔓延的惡性毒品，詳細情形我也不清楚，不過似乎是迷幻藥結晶。既便宜又簡單，會一時覺得舒服，不過只要一旦陷進去的話就死定了。」

「好危險。」高個子的說。

「那，大麻可以抽嗎？」矮個子的問。

「可不可以，我不知道，不過抽大麻是死不了就是了。抽菸會害死人，但是大麻不太容易讓人死掉。只是會變得有點呆呆的。不過如果是你們的話，我覺得現在跟那種情況也沒什麼兩樣。」

「說得好過分哪。」矮個子的說。

「阿姨，妳大概是ㄊㄨㄢˊㄎㄨㄞˋ吧？」高個子的說。

「什麼叫做ㄊㄨㄢˊㄎㄨㄞˋ？」

「團塊世代呀。」

「我什麼世代都不是。我只是過我的日子而已，可別輕易就把我歸到哪類去好嗎？」

「妳看，這種說法就很團塊呀。」矮個子的說。「一下就會火起來，這種地方跟我媽完全一個模樣。」

「我先聲明，我可不願意被拿來跟你那微不足道的母親相提並論呢。」Sachi說。「總之在哈那雷最好住在正常的地方比較好。這是為你們的人身安全著想。而且這裡不是沒有殺人事件。」

「原來並不是所謂的和平天堂。」矮個子的說。

「是啊，已經不是艾維斯（Elvis Presley）的時代了。」Sachi說。

「我也不太清楚，不過艾維斯・科提斯（Elvis Costello）年紀不也已經是歐吉桑了嗎？」高個子的說。

然後Sachi，暫時沒有再說任何話地開著車。

Sachi跟自己住的旅館經理商量，幫他們兩個人也找到了房間。因為是她介紹的，所以住宿費以星期為單位算得相當便宜。雖然如此，還是不符合兩個人所預期的預算。

「不行啊，我們沒有那麼多錢。」高個子的說。

「我們的預算抓得很緊。」矮個子說。

「不過總有緊急時可以救急的錢吧？」Sachi說。

高個子的傷腦筋地抓抓耳垂。「嗯，我是帶了Diners Club的家庭副卡。不過我爸爸叮嚀我，除非真的非常緊急，否則不可以亂用。說是一開始用就會沒完沒了，如果不是緊急情況而用的話，回到日本一定會被臭罵的。」

「傻瓜。」Sachi說。「現在就是緊急情況啊。如果愛惜生命的話，就趕快刷卡訂房吧。你們總不希望半夜被警察逮到，把你們丟進拘留所，或被像相撲選手那麼魁梧的夏威夷仔半夜抓去當同性戀對象吧？如果你們有這種興趣的話那就另當別論，那可是很痛的噢。」

高個子的立刻從皮夾裡拿出Diners Club的副卡來，交給旅館的經理。Sachi又問經理，哪裡有賣二手的衝浪板。經理告訴他們是哪家店，據說要離開時他們還會用合理的價格再買回去。兩個人把行李放下之後，立刻就去那家店買衝浪板。

第二天早晨，Sachi像平常那樣坐在沙灘眺望著海時，那對年輕的日本人二人組也到了，開始衝起浪來。跟他們那一副靠不住的外表比起來，兩個人的衝浪技術卻算扎實。找到有力的浪頭迅速地搭上去，一面靈巧地控制著衝浪板，一面輕快地隨著波浪來到接近岸邊。持續幾個小時都不厭倦。搭在浪頭上的他們，看起來非常生氣蓬勃。眼睛閃著光輝，充滿了自信。完全沒有虛弱的感覺。一定是學校的功課都沒做，從早到晚都泡在浪裡頭吧。就像她死去的兒子以前那樣。

Sachi開始彈鋼琴，是上了高中以後。以鋼琴家來說起步相當晚。在那以前她的手指連碰都沒碰過鋼琴。不過下課後她到高中的音樂教室去撥弄擺在那裡的鋼琴，沒想到稍微練習居然能彈得相當流暢。她原來就有絕對音感，耳朵也比別人靈。任何旋律只要聽過一次之後，立刻就可以把那轉換成鍵盤形式。也能找出和那旋律相協調的和絃。她沒有跟誰學，但十根手指卻能滑順地移動。她彈鋼琴的才華是與生俱來的。

有一位年輕的音樂老師，看到Sachi在音樂教室彈著玩鋼琴的樣子而感到佩服，並糾正她運指上的基本錯誤。「那樣彈也可以，不過這樣的話可以彈得更快。」他說。並實際示範給她看。她立刻就領悟了。那位老師是爵士樂迷，所以就在放學後傳授給她彈爵士鋼琴的基礎理論。和絃如何成立，如何進行，踏板要怎麼用才好，即興演奏又是什麼樣的概念。所有一切她都貪婪地吸收了。老師又借了幾張唱片給她。Red Garland、Bill Evans、Wynton Kelly。她反覆地聽著他們的演奏，完全照樣模仿。一旦習慣後，模仿也沒有那麼困難。她能把聽到的音樂聲調和節奏律動不必一一化為樂譜，就直接用手指再現出來。「妳有才華。只要努力勤練，就可以成為專業的鋼琴家噢。」老師佩服地說。

但是Sachi似乎是無法成為專業的音樂家。因為她能做到的只有把原創作品正確地複製而已。把已經在那裡的東西，原原本本彈出來是很簡單。可是她無法製作出自己的音樂。就算別人說可以自由地彈奏，她也不知道要彈什麼，要怎麼彈才好。雖然試著自由彈看看，但結果彈出來的，還是某些曲子的複製。而且，她也不擅長看譜。一坐到寫得很詳細的樂譜前面時，就覺得快要窒息。她覺得實際聽聲音，再直接轉移到鋼琴的鍵盤上還輕鬆得多。這樣的話，要當一個鋼琴家實在太難了，她想。

高中畢業後，Sachi決定開始認真學習烹飪。雖然不是對烹飪特別感興趣，不過因為父親在開餐廳，而且除此之外也沒有特別想做的事，所以打算接手這家店。為了上餐飲的專門學校，她到芝加哥去。芝加哥雖然不是以這種高度專業的餐飲聞名的都市，不過因為剛好有親戚住在那裡，可以當她的監護人。

在那家學校學習餐飲之間，在同學邀約下，到市區的一家小鋼琴酒吧去彈鋼琴。剛開始只是為了賺點零用錢的臨時打工。因為靠家裡寄來的錢過日子手頭很緊，所以能有一點多餘的錢進來總是很有幫助。而且因為任何曲子她都能立刻彈出來，所以老闆非常喜歡她。聽過一次的曲子她絕對不會忘記，沒有聽過的曲子，只要對方嘴巴能哼一下旋律給她聽，她就能當場重彈出來。她長得雖然不算美，但因為笑起來很可愛，所以也很受歡迎，衝著她來捧場的客人逐漸增加。小費的金額也提高不少。終於她連學校都不去了，與其處理血淋淋的豬肉、切硬梆梆的乳酪、洗沉重油膩的髒鍋子，不如坐在鋼琴前面還愉快得多，也輕鬆得多。

因為這樣，所以當兒子高中時功課幾乎快被當掉，卻一天到晚在玩衝浪時，她想這也是沒辦法的事。我年輕時候也差不多像這樣。沒辦法責備他。她想這可能也是血緣遺傳吧。

她在那家鋼琴酒吧彈了一年半的鋼琴。英語會講了，也存了不少錢。還交了美國男朋友。一個想當明星的英俊黑人（後來她看到他在《終極警探II》裡飾演一個配角）。可是有一天，胸前戴著徽章的入境管理局官員走進店裡來。她大概太引人注意了。官員說請把護照給我看。於是以非法就業的理由，當場拘捕她。過幾天她就被送上飛往成田的巨型噴射機——當然機票不得不由她的存款來支付。因此Sachi的美國生活就這樣結束了。

回到日本之後，她想了很多關於今後的可能性，不過除了彈鋼琴之外想不到別種謀生方法。因為不擅長看譜，所以工作場所也有限，不過她無論任何曲子只要聽過就能照樣再現的特技，在很多場所都獲得很高的評價。她在飯店的酒廊、夜總會、鋼琴酒吧彈鋼琴。配合當場的氣氛，不同的顧客，和所點的曲子，任何類型的曲子都難不倒她，她都能彈。簡直就是「音樂的變色龍」，不管怎麼說，工作上她確實得心應手。

二十四歲時她結了婚，兩年後生下兒子。對象是小她一歲的爵士吉他手。他幾乎沒有收入，又習慣性地嗑藥，對女人的習性也不好。常常不回家，在家的時候常常會使用暴力。每個人都反對這件婚事，結婚後則勸她離婚。丈夫雖然粗線條，不過因為擁有音樂創作的才華，在爵士樂界裡被認為是年輕的明日之星。Sachi也許被對方的這點所吸引吧。不過婚姻只維持了五年。他在別的女人房間裡，半夜心臟病發作，赤裸裸地被送往醫院的途中死掉了。據說原因是嗑藥過度。

丈夫死後，她在六本木開了一家自己的鋼琴小酒吧。某種程度有一點存款，另外還有私下為丈夫投保的人壽保險金。而且也向銀行貸到一些款。因為那家銀行的分店店長，是她以前工作的鋼琴酒吧的常客。她在店裡放了一台演奏型鋼琴，配合鋼琴的形狀做出櫃台。從別家餐廳高薪挖角看上眼的能幹酒保兼經理。她每天晚上彈鋼琴，客人也可以點曲子，在她的伴奏下唱歌。鋼琴上放著一個讓客人給小費的金魚缸。偶爾也有音樂家在附近的爵士俱樂部演出後，會繞到這裡來輕鬆客串演奏一下。有些客人成為固定常客，生意比預期的興旺。貸款也順利還清了。對婚姻生活已經厭倦，所以不想再婚，不過不同時期有不同的交往對象。大多是有家室的，不過對她來說這樣反而輕鬆。不知不覺之間兒子長大了，開始成為一個衝浪者。說要到夏威夷的可愛島的哈那雷灣去衝浪。她不太情願，不過也懶得跟他吵架，於是就勉為其難地拿出旅費給他。她不擅長跟人長篇理論。她兒子在那裡，等著大波浪來的時候，被追逐海龜游入海灣來的鯊魚襲擊，結束了十九歲的短暫生命。

兒子死了之後，Sachi比以前更熱心地投入工作。幾乎全年無休地到店裡去一股勁地彈鋼琴。然後到了秋天結束時才休三星期的假，搭上聯合航空的商務艙到可愛島去。她不在的期間，則請別的鋼琴師來代班。

在哈那雷的時候，Sachi也不時會彈鋼琴。有一家餐廳放著一台小型演奏鋼琴，一到週末就有一位五十幾歲，體型像豆芽一般的鋼琴師會來演奏。主要演奏像*Bali Hai*或〈藍色夏威夷〉之類人畜無害式的音樂。雖然技巧並不特別好，不過個性溫和，那溫和也滲透到演奏中。Sachi跟這位鋼琴師熟了起來，有時候他也會讓她代替彈幾曲。當然因為是插進來彈的所以並沒有報酬，不過老闆也會請她喝葡萄酒或吃義大利麵。她喜歡彈鋼琴這件事本身。只要十根手指放在鍵盤上，心情就很舒暢。這是跟有沒有才華無關的。也不是幫得上忙幫不上忙的問題。兒子站在浪頭上的時候，也許也有類似的感覺吧，Sachi這樣想像。

不過老實說，Sachi對自己兒子的為人，並不太喜歡。當然她是愛他的。也覺得他是世界上比誰都重要的人。不過以做為一個人來說——花了很長的時間才讓她認可——卻怎麼也無法有好感。如果他不是自己的血肉分出來的親生兒子，自己也許不會去接近他，Sachi想。任性、注意力不集中、每次開始做一件事情總是沒辦法做完。該認真的時候卻老逃避，動不動就亂編謊話。幾乎從來沒有用功讀過書，所以學校的成績也很慘。多少下了一點功夫學的只有衝浪而已，不過連這個興趣能持續多久也不知道。因為相貌長得甜，所以交女朋友倒不成問題，但只不過玩一玩而已，玩膩了就像丟玩具般隨便甩掉。我大概把他寵壞了，她想。零用錢可能也給太多了。也許應該更嚴格地管教他。不過話雖如此，具體上該怎麼個嚴格法才好，她也不知道。一來工作太忙，再說對男孩子的心理和身體也完全不了解。

她在那家餐廳彈鋼琴的時候，那兩個衝浪者剛好一起來吃飯。他們來到哈那雷已經第六天了。兩個人曬得非常黑，看起來好像比第一次見到的時候更強壯一點。

「哇，阿姨也彈鋼琴哪。」矮個子的說。

「彈得棒極了，職業水準噢。」高個子的說。

「彈著玩的。」Sachi說。

「妳知道B'z的曲子嗎？」

「不知道。」Sachi說。「不過你們，不是很窮嗎？還到這種餐廳來吃飯，有錢嗎？」

「有Diners Club的信用卡。」高個子的得意地說。

「那不是要緊急情況才可以動用的嗎?」

「嗯，沒關係，總會有辦法的。不過，這種東西，用過一次以後就會成習慣啊。完全像我老爸說的一樣。」

「真是的，你們好輕鬆啊。真好。」她佩服地說。

「我們想一定要請阿姨吃一頓才行噢。」矮個子的說。「妳這麼照顧我們，而且我們後天早上就要回日本了，所以想在那之前表示一下我們的謝意。」

「所以呀，如果方便的話，現在就在這裡一起吃飯好嗎?乾脆也點葡萄酒來喝，由我們請客。」高個子的說。

「我剛才吃過了。」Sachi說，然後再把手上的紅葡萄酒杯舉高起來。「葡萄酒是店裡請客。所以你們的好意只有心領了。」

有個大個子的白人男士走到他們這桌來，站在她身旁。手上拿著威士忌酒杯。大約四十歲左右。短頭髮。手腕有細的電線桿那麼粗，看得見上面有很大的龍紋刺青，那下方則有USMC（美國海軍陸戰隊）的字樣。好像是很久以前紋上去的，顏色已經變淡了。

「妳鋼琴彈得很棒噢。」他說。

「謝謝。」Sachi瞄了那男人的臉一眼，然後說。
「是日本人嗎？」
「是啊。」
「我在日本住過噢。那是很久以前的事了。在岩國（山口縣岩國基地）住過兩年。」
「哦。我在芝加哥住過兩年。那是很久以前的事了。這就扯平了啊。」
男人稍微想了一下。然後認為這是開玩笑的才笑一笑。
「請彈一點什麼來聽嘛。輕鬆愉快的。妳知道Bobby Darlin 的 *Beyond the Sea* 嗎？我想要唱。」
「我不是在這裡工作的，而且現在正在跟這些孩子們說話。坐在鋼琴前面頭髮稀疏的瘦男士，是本店的專屬鋼琴師。如果你想點歌的話，可以拜託他啊，別忘了給小費就是了。」
男人搖搖頭。「那種水果蛋糕，只會彈軟綿綿的音樂。我不是要那種。我要妳來幫我彈個爽脆的曲子。給妳10塊喲。」
「就算500塊也沒用。」Sachi說。
「是嗎？」男人說。

「就是這樣。」Sachi說。

「嘿，日本人為什麼不為了保護自己的國家而戰呢？為什麼我們非要到什麼岩國郡去保護你們不可呢？」

「你是說別多嘴，乖乖地彈是吧？」

「沒錯，就是這樣。」男人說。然後朝坐在桌子對面的二人組看看。「嘿，你們就是沒啥用、呆頭呆腦的衝浪者吧。日本仔何必特地跑到夏威夷來，衝什麼浪，到底打算幹什麼？在伊拉克啊——」

「我想問你一個問題，」Sachi插嘴進來，「我從剛才腦子裡就一直湧出一個疑問。」

「說吧。」

Sachi偏著頭，筆直仰望男人的臉。「像你們這種類型的人，到底是怎麼長成的？我一直在想，你是一出生就是這種性格呢？還是在人生的某一個階段發生過什麼非常不愉快的事情，才變成這樣的？到底是哪一種呢？你自己覺得是哪一種？」

男人對這個又想了一想。然後把威士忌的玻璃杯，發出砰一聲放在桌上。

「嘿，Lady——」

聽到這個巨大的聲音，店老闆走過來。是個小個子的男人，不過卻把當過海軍的粗手腕抓起來，帶到什麼地方去了。大概是認識的朋友，男人也沒抵抗。只丟下一兩句氣呼呼的牢騷而已。

「真不好意思。」過一會兒老闆回來向Sachi道歉。「他平常並不是壞人，不過一喝起酒人就變了。接下來我會好好注意的。今天算我們店請客，請把不愉快的事情忘掉吧。」

「沒關係，這種事情我已經很習慣了。」Sachi說。

「那個男人，到底說了什麼呢？」矮個子的問Sachi。

「他在說什麼，我完全聽不懂。」高個子說。「只聽到日本仔。」

「不懂最好。因為沒什麼了不起的事。」Sachi說。「對了，你們在哈那雷，痛快過癮地衝浪，很快樂吧？」

「快樂得不得了。」矮個子的說。

「太棒了。」高個子說。「覺得人生好像整個翻轉過來似的變了。說真的。」

「那太好了。能享樂的時候就盡情地去享樂吧。不久帳單就會寄過來了。」

「沒問題。這邊有信用卡啊。」高個子說。

「你們，這麼樂天真好。」Sachi說著搖搖頭。

「阿姨，可以問一個問題嗎？」矮個子說。

「什麼？」

「阿姨，妳有沒有在這裡看過一個獨腳的日本人衝浪者？」

「獨腳的日本人衝浪者？」Sachi瞇細了眼睛，從正面看矮個子的臉。「不，我沒看過。」

「我們看過兩次。從沙灘一直盯著我們看。他帶著Dick Brewer牌紅色的衝浪板，從這裡以下，沒有腳。」矮個子在膝蓋上方十公分左右的地方畫一道線。「好像是完全被切斷的樣子。可是，我們上到海灘以後，就不見了。不見蹤影。因為很想跟他談一談，所以我們很認真地到處找他，卻沒看見。我想年齡大約跟我們差不多。」

「那麼是哪一邊的腳，右邊，還是左邊？」

矮個子的稍微想一下。「嗯，應該是右邊。對嗎？」

「嗯，是右邊。沒錯。」高個子說。

「哦。」Sachi說。然後用葡萄酒潤潤嘴裡。心臟發出怦怦的聲音。「真的是日本人嗎？不是日裔的？」

「不會錯。這種，一看就知道。那個人是日本來的衝浪者噢。就像我們一樣。」高個子說。

Sachi用力咬著嘴唇一會兒。然後用乾乾的聲音說：「可是很奇怪。這裡明明就是個小地方，所以如果有獨腳的日本人衝浪者，我想一定會很醒目的。」

「對呀。」矮個子說。「這種人確實會非常醒目。所以我們覺得很奇怪。不過真的有。不會錯。因為我們兩個人都確實看到了。」

高個子的說：「阿姨也常常坐在沙灘對嗎？每次都坐在同一個地方。就在稍微離開那裡一點的地方，那個傢伙用單腳站著。而且在看著我們。身體倚靠在樹幹上。那邊有一張野餐桌，幾棵鐵樹長在一起形成樹蔭的那一帶。」

Sachi什麼也沒說地喝了一口葡萄酒。

「不過要怎麼樣用單腳站在衝浪板上呢？真搞不懂。用兩腳站都相當困難了啊。」矮個子說。

從此以後Sachi每天，從一大早到天黑為止，都一直在沙灘上來來回回地走好幾趟。可是卻到處都沒看到獨腳衝浪者的影子。又到處去問當地的衝浪者：「有沒有看過獨腳的日本人衝浪者？」可是每個人都滿臉疑惑地搖頭。獨腳的日本人衝浪者？不，沒看過這種人。當然如果看過的話一定會記得的。因為很顯眼哪，不過獨腳到底要怎麼衝浪呢？

在回日本的前一夜，Sachi整理好行李後躺在床上。壁虎的叫聲和海浪的聲音混合地交響著。一留神時眼淚已經湧出眼眶。從枕頭的濡濕，才發現自己正在哭。為什麼我看不見自己兒子的身影呢？她一面哭著一面想。為什麼那兩個不長進的衝浪者看得見，自己卻看不見呢？這怎麼想都不公平吧？她回憶起放在遺體安置所的兒子遺體。如果可能的話，真想痛快地猛搖他的肩膀把他搖醒過來，大聲追問他。嘿，為什麼啊？這樣未免太過分了吧？

Sachi把臉埋進濡濕的枕頭裡久久不放，緊緊把聲音壓住。我難道沒有那個資格嗎？她不知道。她只知道，不管如何，自己都必須接受這個島。正如那位日裔警察以平靜的聲音開導她那般，我必須原樣接受這裡的一切。不管公不公平，不管有沒有資格之類的，都原樣接受、照單全收。Sachi第二天早晨，以一個健康的中年女人醒過來。然後把旅行箱放進DODGE Neon車子的後座，離開了哈那雷灣。

回到日本，過了八個月左右後，Sachi在東京街上遇到矮個子。在六本木地下鐵車站附近的Starbucks店裡，為了避雨而到這裡喝著咖啡時，矮個子就坐在附近一桌。他穿著熨斗燙平過的Ralph Lauren襯衫，新的斜紋長褲，這樣清爽的服裝，跟一位容貌長得不錯的小個子女孩子在一起。

「嘿，阿姨。」他一臉高興的表情，站起來走到她這桌來。「真是奇遇啊。沒想到居然會在這種地方見面。」

「噢，還好吧？」她說。「頭髮變得短多了嘛。」

「因為大學也差不多快畢業了啊。」矮個子說。

「哦，連你也能順利畢業嗎？」

「嗯，是啊，別看我這個樣子，我也是有辦法畢業的。」然後在對面的位子坐下來。

「不再衝浪了嗎？」

「偶爾週末還去，不過因為要找工作了，所以差不多也該停下來了。」

「瘦瘦高高的朋友呢？」

「那傢伙啊，超樂天噢。不必擔心工作問題。他老爸在赤坂擁有一家相當大的西點店舖。說如果他能繼承家業就要買一輛BMW給他。真好啊。我就沒那麼幸運了。」

她眼睛望一下窗外。夏天的陣雨把路面淋得濕濕黑黑的。道路交通阻塞，計程車司機焦躁地按響喇叭。

「那邊的是你女朋友嗎?」

「嗯,可以這麼說,不過現在還在發展中就是了。」矮個子一面抓著頭一面說。

「滿可愛的嘛。配你倒是有點可惜了。大概不太肯讓你上吧?」

他不禁大吃一驚,仰頭望向天花板。「妳還是一樣說話不饒人,一點都不客氣的一針見血呀。不過確實也是這樣。有沒有什麼好的建議?可以把我跟她的距離拉近,讓我大有進展的方法。」

「要跟女孩子順利進展的方法只有三個。第一,默默地聽對方說話。第二,要讚美她穿的衣服。第三,盡量請她吃美味的東西。很簡單吧?如果這樣做了還不行的話,那還是放棄比較好。」

「這個,非常實際而簡單明瞭嘛。我可以在手冊上記下來嗎?」

「可以是可以,不過你的頭腦連這麼點事情都記不得嗎?」

「不行,我就跟雞一樣,走三步,記憶就全部消失不見。所以什麼都必須記下來。聽說愛因斯坦也是這樣噢。」

「愛因斯坦哪?」

「健忘不是問題,忘記了才是問題。」

「隨便你。」Sachi說。

矮個子從口袋裡拿出記事本來，仔細地把她說的話記下來。

「每次都蒙妳忠告，真的很感謝。幫了很大的忙。」他說。

「但願能順利就好了。」

「我會加油。」矮個子說。然後打算回自己那桌去，於是站起來，考慮了一下之後伸出手來。「阿姨請妳也加油。」

Sachi握了他的手。「嗯，你們，在哈那雷灣沒有被鯊魚吃掉真的很幸運。」

「什麼，那邊有鯊魚出沒嗎？真的？」

「有啊。」Sachi說。「真的。」

Sachi每天晚上，坐在88個象牙色和黑色的鍵盤前面，手指幾乎自動地移動著。在那之間其他事情什麼都不想。只讓意識通過音樂的聲響。從這邊的門進來，從那邊的門出去。沒有彈鋼琴的時候，就想秋天末尾在哈那雷灣停留的三星期的事。想著波濤起伏的聲音、鐵樹搖曳的姿態。想被貿易風吹動飄流的雲、張大翅膀在天空飛舞的信天翁。並想到應該在那裡等待著她的東西。對她來說，她沒有辦法思考除此以外的事情。哈那雷灣。

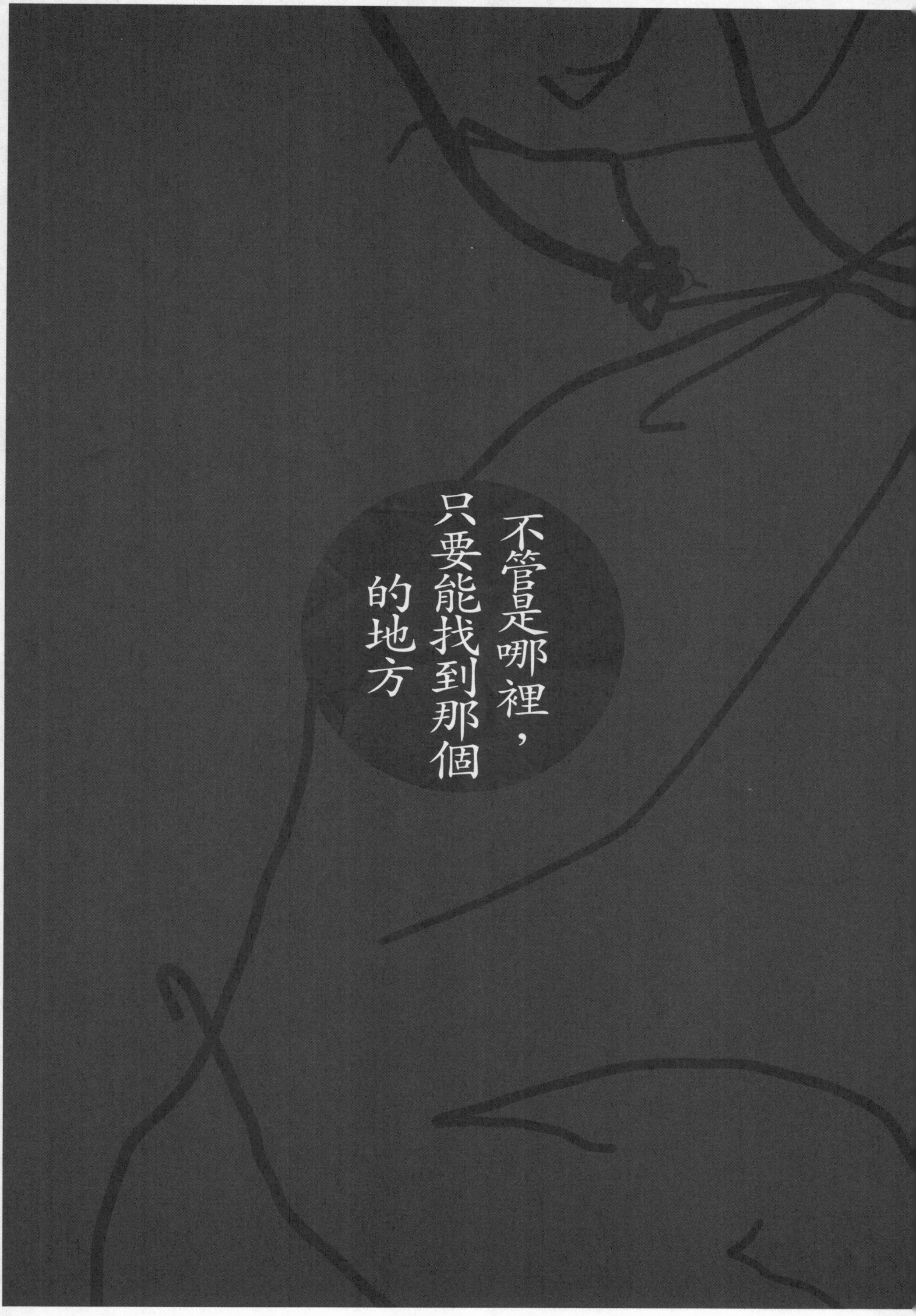

不管是哪裡，
只要能找到那個
的地方

「我先生的父親在三年前，被都營電車撞死了。」那個女人說。然後停頓一下。

我沒有特別陳述什麼感想。只是筆直看著對方的眼睛輕輕點了兩次頭而已。而在她停頓之間，檢視著排列在筆盤裡半打左右鉛筆的削尖程度。就像高爾夫打者配合距離而調整球棒那樣，慎重地挑選了一根鉛筆。一根不至於太尖，也不至於太圓的。

「說起來這件事令人羞愧。」女人說。

關於這個我也沒有表示意見。我把便條紙拿到手邊，像為試寫鉛筆般，在紙的最上面寫下今天的日期和對方的名字。

「東京現在幾乎已經看不到行駛在路面的電車。全都被巴士取代了。不過還留有一小部分。感覺就像一種紀念品般。我公公就是被那個輾過的。」她這樣說完，無聲地嘆了一口氣。「這是三年前的十月一日夜晚。下著很大的雨。」

我用鉛筆，在便條紙上簡單地記下情況。父親、三年前、都電、大雨、10／01、夜。我只會工整地寫，所以記錄花了一點時間。

「我想我公公那時候喝得相當醉。要不然也不會在下大雨的夜晚躺在都電的鐵軌上。說來這也是當然的。」

說到這裡，女人又再一味地沉默著。嘴唇閉成一直線，繼續注視著我這邊。大概想徵求我的同意吧。

「當然。」我說。「大概是喝得相當醉吧。」

「好像醉到不醒人事的地步。」

「妳公公常常這樣醉嗎？」

「你是指，是不是常常醉到不醒人事的地步嗎？」

我點點頭。

「確實有時候會很醉。」女人承認。「不過並不是經常，也不至於醉到會躺在都營電車鐵軌上的地步。」

到底要多醉才會躺在路面電車的鐵軌上，我也無法判斷。那是程度的問題？是性質的問題？還是方向性的問題呢？

「換句話說就算是醉了，平常也沒有爛醉到這麼嚴重的地步是嗎？」我問。

「據我所知是這樣。」女人說。

「不好意思，請問今年幾歲？」

「您是問我的年齡嗎？」

「是的。」我說：「當然如果您不想回答的話，可以不用回答。」

女人舉手摸摸鼻子，用食指摩擦鼻樑。筆挺的漂亮鼻子。也許不久以前才做過鼻子的整形手術。我曾經跟一位有同樣毛病的女人交往過一段時間。她也做過鼻子的整形手術，每次在想事情的時候，就會用食指摩擦鼻樑。好像在確認新的鼻子是否還好好的在那裡似的。因此我每次看到這種動作時，就會被輕微的既視感所襲。那跟口交也有不少關係。

「並沒有必要隱瞞。」女人說。「我35歲了。」

「妳公公去世的時候，是幾歲？」

「68歲。」

「妳公公以前是做什麼的？他的工作是？」

「他是僧侶。」

「妳說僧侶是……，指佛教的和尚嗎？」

「是的。佛教的僧侶。淨土宗。在豐島區的一個寺院當住持。」

「那一定打擊很大吧？」我問。

「我公公喝醉了被都電輾死的事嗎？」

「是的。」

「當然打擊很大。尤其對我先生來說。」女人說。

我在便條紙上用鉛筆寫下「68歲、僧侶、淨土宗」。

女人坐在雙人沙發的一端。我坐在書桌前的旋轉椅上。我們之間的距離大約有兩公尺左右。她穿著樣式非常時髦的艾草色套裝。裹在絲襪裡的腳很美，和黑色高跟鞋很搭。那鞋跟彷彿致命的凶器般尖銳。

「那麼——」我說。「妳想委託我做的是，有關妳丈夫去世的父親的什麼事情嗎？」

「不是。不是這個。」女人說。然後像要再度確認否定形似地輕輕堅定地搖頭。「是關於我先生。」

「妳先生也是僧侶嗎？」

「不是。我先生在美林上班。」

「證券公司？」

「是的。」女人回答。從那聲音可以感覺到有點焦躁。好像在說——世界上哪裡還有不是證券公司的美林呢——似的。「也就是說他在做股票營業員。」

我確認一下鉛筆尖端的磨平程度，沒說什麼，靜待她繼續說。

「我先生是獨生子，因為對證券交易比對佛教更感興趣，所以並沒有繼承父親的職業去做寺院的住持。」

這應該是當然的吧，她看著我好像在詢問我似的，但因為我對佛教和證券交易同樣並不特別感興趣，因此沒有表達感想。臉上只露出我確實在聽著妳的話噢，這種中立性的表情而已。

「我公公過世以後，我婆婆搬來我們所住的品川區的公寓。住在同一棟公寓的不同一戶。我們夫婦住在26樓，我婆婆住在24樓。她一個人住。以前她跟我公公一起住在寺院裡，不過總本山派遣了別人過來，繼續擔任那家寺院的住持，於是她就搬過來這邊。我婆婆現在63歲。順便提一下，我先生40歲。如果沒有發生任何事情的話，下個月他就41歲了。」

婆婆24樓、63歲、丈夫40歲、美林、26樓、品川區，我在便條紙上這樣記下。女人很有耐心地等我把這些寫完。

「我婆婆，在我公公去世以後，開始得了不安神經症。尤其一下起雨來，症狀就會比較嚴重。可能因為我公公是在下雨天的夜晚去世的吧。這種事情經常會有。」

我輕輕點頭。

「症狀嚴重的時候，頭腦的不知道什麼部分就會變得像螺絲有點鬆動似的狀態。她會打電話過來。電話打來以後，我或我先生就會到兩層樓下的婆婆家去，看看她和照顧她。可以說是安撫她，或勸解她吧……。我先生如果在就由他去，如果不在就由我去。」

她停頓了一下，等我反應。我默不作聲。

「我婆婆不是壞人。我對我婆婆的為人絕對沒有否定的意見。她只是神經比較細膩，長年以來要依靠人成為習慣了。這一些狀況您大致可以理解吧？」

「我想我可以理解。」我說。

她很快地左右換邊蹺腳，等著我把什麼記在便條紙上。不過這一次我什麼也沒有寫。

「她打電話來，是星期天的早上十點。那天雨也下得相當大。上次的，就是上個星期天。今天是星期三，嗯，所以也就是大約十天以前的事情。」

我轉眼看看桌上的月曆。「九月三日的星期天對嗎？」

「是的。我想確實是三日。那天早上的十點我婆婆打電話過來。」女人說。然後好像在回想似地閉上眼睛。如果是希區考克的電影的話，這時正是畫面來一個轉換，回想的一幕從這裡開始的時候。不過因為不是電影，所以當然沒有回想的一幕開始，她終於睜開眼睛繼續說下去。「我先生去接電話。那天他本來預定要出去打高爾夫球的，不過因為從黎明前開始下起大雨而取消，留在家裡。如果那天是晴天的話，應該就不會發生這種事情了。當然這一切都是結果論。」

9／3、高爾夫、雨、中止、母親→電話，我在便條紙上這樣記下來。

「我婆婆對我先生說，她沒辦法順利呼吸。會頭昏，也沒辦法從椅子上站起來。於是我先生也沒刮鬍子，只換了衣服，就到下兩層樓的母親家去了。他大概想不會花很多時間吧，所以我先生在臨出門時還說，可以先幫我準備早餐嗎？」

「妳先生是穿什麼樣子去的？」我這樣問。

她又再輕輕撫摸鼻子。「他穿短袖的Polo運動衫，斜紋長褲。襯衫是深灰色，長褲是奶油色。兩件都是在J. Crew的郵購上買的。我先生是近視眼，經常戴著眼鏡。Armani的金邊眼鏡。鞋子穿的是灰色的New Balance。沒有穿襪子。」

我把這情報詳細地記在便條紙上。

「身高和體重您也想知道嗎？」

「如果知道的話會有幫助。」我說。

「我想身高大約173公分，體重大約72公斤。結婚前只有62公斤，不過在十年間稍微長了一點肌肉。」

我也把這情報記下來。然後檢查一下筆尖的情況，換了一支新鉛筆。讓新鉛筆適應手指。

「可以繼續說下去嗎？」女人問。

「當然，請繼續說。」我說。

女人又交換蹺腳的方向。「電話打來的時候，我已經準備好要煎鬆餅了。星期天早晨我固定都是煎鬆餅的。如果不去打高爾夫的星期天就會吃很多鬆餅，我先生喜歡鬆餅。配上煎得酥酥脆脆的培根。」

我想難怪體重會增加10公斤，不過這種話我當然沒說出口。

「25分鐘後我先生打電話來。說婆婆的狀況大致穩定下來了，所以現在就要上樓回家。希望我把早餐準備好讓他一回來就可以馬上吃。肚子好餓了。我先生這樣說。我聽了之後，立刻把鍋子熱了開始煎起鬆餅來，也煎了培根。還把楓糖醬溫到適當的溫度。雖然煎鬆餅並不是複雜的點心，但做的程序和時間卻決定一切。不過我做好了等了又等，我先生卻沒有回來。鬆餅在盤子上漸漸冷掉變硬了。於是我打電話到婆婆家去。問看看我先生是不是還在那裡。我婆婆說已經回去很久了。」

她看看我的臉，我默默地等她繼續說。女人用手拂掉裙子膝頭上的形而上形狀的虛構灰塵。

「我先生就在那之間消失掉了。像煙一樣。從此以後完全沒有消息。在連接24樓和26樓的樓梯途中，沒有留下任何痕跡，就從我們眼前消失了蹤影。」

「當然有報警吧？」

「當然。」女人說，嘴唇稍微撇了一下。「因為到了下午一點還沒有回來，所以就打電話報警了。不過老實說，警察並沒有多熱心幫我們搜查。雖然附近派出所的巡警來露過面，不過知道並沒有發現暴力犯罪的跡象之後，立刻就失去興趣了。說是如果等兩天，我先生還是沒有回家的話，才請我到本局送出失蹤人口申報書。警察可能認為我先生是忽然一時衝動，不知道跑到什麼地方去了。例如對人生厭倦了，或想消失到某個別的地方去之類的。不過請試著想想看。應該不會有這種道理說不通的事情。我先生既沒有帶皮夾、駕照、信用卡，也沒有戴手錶，完全空手從母親那裡走出門。連鬍子都沒有刮。而且還打電話回來說，馬上就要回來了，請把鬆餅先煎好。如果是打算現在就要離家出走的人，是不會打這種電話的。不是嗎？」

「完全像您所說的那樣。」我同意她。「不過要去24樓的時候，妳先生每次都走樓梯嗎？」

「我先生從來不搭電梯，他不喜歡電梯這種東西。他說沒辦法忍受被密閉在那樣狹小的地方。」

「可是即使這樣，府上還是選擇26樓這樣的高樓層嗎？」

「是的。我先生上下26樓，還是經常使用樓梯。上下樓梯他好像不覺得辛苦的樣子。這樣可以鍛鍊腰腿，而且可以減肥。當然上下樓確實需要花一點時間就是了。」

鬆餅、10公斤、樓梯、電梯，我在便條紙上這樣寫下。腦子裡浮現剛煎好的鬆餅，和正在走樓梯的男人身影。

女人說：「我們的情況大概就是這樣。不知道您願不願意接下這個案子？」

不必一一考慮。這正是我求之不得的案子。不過我還是在日程表上檢查一番之後，裝出做了某種調整的樣子。因為如果太輕易地接下來的話，對方會懷疑是不是有什麼隱情。

「今天下午，碰巧我有時間。」我說。然後看看手錶。11點35分。「如果您方便的話，可以現在帶我到府上嗎？因為我想看看妳先生最後還在的現場。」

「當然可以。」女人說。然後輕輕皺起眉頭。「這是表示您已經願意接受這個案子了嗎？」

「我是想接。」我說。

「只是，我們好像還沒有談到費用的事情。」

「不需要費用。」

「您說什麼？」女人注視著我的臉。

「我是說免費呀。」我說著微笑起來。

「不過，這是您的職業吧？」

「不，不是的。這不是我的職業。只是我個人的義務服務而已。所以不需要費用。」

「義務服務？」

「沒錯。」

「可是，這總也有一些必要的費用吧……」

「必要費用也不收。因為是純粹的義務服務，所以不管任何形式，都不發生金錢授受的事情。」

女人還是一臉無法完全理解的表情。

我做了以下說明。「我很幸運，在別的方面有足夠生活的收入。金錢不是我的目的。我個人很關心有關尋找失蹤人口的事情。」正確說，我是指以某種消失方式失蹤的人。不過這種話如果說出來，事情會有點麻煩。「而且我有一點能力。」

「是有類似宗教上的背景嗎？或類似New age式的東西嗎？」女人問。

「不是，不是宗教也不是New age式的東西，和那完全無關。」

女人瞄一眼自己所穿的高跟鞋的尖銳鞋跟。如果有什麼越軌的事情發生的話，她可能打算抓起那個來襲擊我也不一定。

「我先生經常告訴我，絕對不要相信免費的事情。」女人說。「這種說法也許很失禮，不過大多在什麼地方會有看不見的附帶條件，所以他說不會有好事的。」

「如果是一般的事情的話，正如妳先生所說的那樣。」我說。「在這高度發展的資本主義世界裡，免費的東西不能隨便相信。真的沒錯。不過就算是這樣，我還是希望能相信我。如果妳能接受的話，事情才能開始動。」

她拿起放在旁邊的ＬＶ皮包，發出高尚的聲音打開拉鍊，從裡面拿出厚厚的信封來。信封是封住的。雖然不知道確實的金額，不過看起來相當沉重。

「我暫且預先準備了調查費用帶來了。」

我堅持地搖搖頭。「我一概不接受金錢、或謝禮的物品或行為。這是規定。如果接受金錢或謝禮的話，我現在要開始做的行為就會失去意義。如果妳有金錢的餘裕，而免費又無論如何都覺得過意不去的話，請把那錢捐給哪個慈善團體。比方捐給愛護動物協會、交通事故孤兒育英基金會等，任何地方都可以。如果這樣能讓妳的精神負擔減輕一些的話。」

女人皺起眉頭，深深嘆一口氣，什麼也沒說地把信封放回皮包。然後把恢復膨脹程度和安定感的ＬＶ皮包，放回原來的地方。接著又把手放在鼻樑上，以簡直像在看一隻你丟棒子牠也不會去撿的狗似的眼光看我。

「您現在要開始做了。」她以有點乾燥的聲音說。

我點點頭，把尖端變圓的鉛筆放回筆盤。

穿著尖銳高跟鞋的女人，帶我到連接大廈24樓和26樓的樓梯部分。她指出自己住的單位的門（２６０９號室），然後指出婆婆住的單位的門（２４１７號室）。兩個樓層由寬闊的樓梯串聯，來回就算慢慢走也不需要花到五分鐘的時間。

「我先生會決定買這棟大廈住宅，也因為樓梯既寬闊又明亮的關係。很多高樓住宅的樓梯部分都不講究。因為寬闊的樓梯既占空間，而且大多的居民又不用樓梯，而使用電梯。所以大廈的開發業者多半會注意比較吸引人眼光的地方。例如門廳採用豪華大理石，設圖書室等，可是我先生的想法中，卻認為樓梯比什麼都重要，他說樓梯這東西就像建築物的脊椎骨一樣。」

確實是有存在感的樓梯。在25樓到26樓之間的樓梯間迴旋空間，放有一張三人座的沙發，牆上掛著一面大鏡子。旁邊立著有支架的菸灰缸，擺有觀葉植物盆栽。從寬闊的窗戶可以看見晴朗的天空和幾片白雲。窗戶設計成不打開的鑲入式。

「每個樓層都有這種空間嗎？」我問問看。

「不，每五層才有一個這樣的休息場所。不是每一層都有。」女人說。「您要不要看看我們的那一戶和婆婆的那一戶內部？」

「不用，我想現在沒有這個必要。」

「我先生像這樣沒有做任何說明就失蹤之後，婆婆的精神狀況比以前更惡化了。」她說。然後手輕輕搖擺著。「這件事對她打擊很大。不過這也不用說。」

「那當然。」我同意。「我想這調查應該不會增加妳婆婆的負擔。」

「能這樣的話比較好。還有希望也不要對附近鄰居提起。因為我先生失蹤的事，我對任何人都沒說。」

「我明白了。」我說：「不過平常太太會使用這個樓梯嗎？」

「不會。」她說。然後好像受到無故的責難似的，微微揚起眉梢。「我平常都搭電梯。我跟我先生一起出門的時候，會讓我先生先去走樓梯，然後我再搭電梯下去。然後在門廳會合。回家的時候，我會先去搭電梯。我先生後來才慢慢走樓梯上來。因為一來穿高跟鞋要上下樓梯很危險，再說對身體也不好。」

「就是啊。」

我想一個人查一下東西，可以幫我跟管理員先打個招呼嗎？我跟她說。請交代一下在24樓和26樓之間的樓梯部分徘徊走動的，是做有關保險調查的人。不然被懷疑是要闖空屋的小偷，而報警的話，我就會有點傷腦筋了。因為我沒有什麼像樣的立場。她說，我會交代下去。然後一面讓高跟鞋的聲音攻擊性地響起，一面走上樓梯消失了蹤影。在看不見她的身影之後，那鞋跟的聲音仍像敲著不祥佈告的釘子般響徹週遭，終於那也消失了，沉默來臨。只剩下我一個人。

我在26樓和24樓之間的樓梯上，來回走了三次。第一次以普通一般人走的速度，接下來的兩次則慢慢的，一面很仔細地觀察一面走。我集中注意力，小心不要看漏任何細微的東西。幾乎是不眨眼的地步。任何發生的事情都會留下一些蛛絲馬跡的。我首先的工作就是要去發現這蛛絲馬跡。不過樓梯部分真是打掃得很仔細，沒有一片垃圾掉落下來。沒有發現一點斑點、或凹痕。菸灰缸裡也沒有菸蒂。

幾乎不眨眼地來回巡視樓梯累了之後，我在休息用的樓梯間沙發上坐了下來。不算很高級的塑膠皮面的沙發。不過在這幾乎沒有人在使用（看起來像是這樣）的樓梯迴旋空間能夠確實擺設沙發，就已經值得讚賞了。沙發正對面的牆上掛著一面大穿衣鏡。鏡面擦得雪亮，沒有一絲灰塵。光線恰從巧妙的角度由窗外照進來。我試著眺望一會兒自己映在鏡子裡的身影。那個星期天早晨，消失無蹤的證券營業員，說不定也曾經在這裡休息一下，眺望映在鏡子裡的自己的身影。還沒有刮鬍子的自己的身影。

我的情況，雖然刮了鬍子，不過頭髮卻有點過長。耳朵後面有一點翹起來，看起來就像剛剛才渡過河流的長毛狩獵犬似的。這幾天非去理個髮不行了。還有長褲和襪子的色調不搭配。因為一時就是找不到顏色搭配的襪子。差不多也該搜集起來一併洗了，大概誰也不會埋怨我這個吧。除此之外，看起來就像平常的我那樣。年齡45歲，單身。對股票和佛教都沒興趣。

對了，保羅·高更也曾經是證券營業員，我想。不過他開始認真地想畫畫後，有一天就留下妻子一個人跑到大溪地去。我想，說不定……。不過就算是高更，大概也不會不帶皮包，如果那時候有美國運通卡的話，大概也不會忘記帶去。因為是去大溪地呀。而且應該也不會對妻子留下一句「我現在要回家了，妳先幫我把鬆餅煎好」，然後消失無蹤。同樣是消失，應該也會有妥當的順序和體系之類的。

我從沙發上站起來，現在一面想著剛煎好的鬆餅，一面再走上樓梯一次。我完全集中意識，想像著。自己是一個40歲的證券公司職員，今天是星期天早晨，外頭正下著大雨，然後現在正準備要回家去吃鬆餅。在這樣做著之間，漸漸開始認真地想吃鬆餅起來。仔細想一想，早上起床以後只吃了一個小蘋果而已，什麼也沒有吃。

甚至想要就這樣到“Denny’s”去，吃鬆餅呢。我想起在開車來這裡的途中，看到了“Denny’s”的招牌。就在從這裡可以走得到的距離。雖然“Denny’s”的鬆餅並不特別好吃（奶油的質地，楓糖漿的味道，都還不到自己喜歡的水準），不過還算可以忍耐的地步。老實說，我也喜歡鬆餅。嘴巴裡會有唾液漸漸湧上來的觸感。不過我猛然搖搖頭，把腦子裡鬆餅的印象一掃而空。打開窗戶把妄想的雲吹走。想吃鬆餅的事以後再說，我對自己這樣說。在那之前還有必須先做的事。

「應該問她的。」我自言自語地說。「她先生有什麼興趣嗎？說不定喜歡畫畫呢。」

不過會喜歡畫畫到拋棄家庭離家出走地步的男人，應該不會每星期天一大早就出門去打高爾夫吧，我重新想。你能想像穿著高爾夫鞋子的高更或梵谷或畢卡索，跪在10號洞果嶺上，熱心地觀察草相長得什麼樣子嗎？不能。她先生只是單純地失蹤而已。在24樓和26樓之間，可能因為發生了完全出乎意料之外的事情（因為當時他暫且的預定是要吃鬆餅的）。在這樣的假定之下繼續進行下去吧。

我又再一次在沙發上坐下來，看看手錶。1點32分。我閉上眼睛，把意識焦點往頭腦的特定地方集中。然後什麼也不想，就那樣任身體沉入時間的流沙中。身體動也不動一下，任憑那流動把我帶到什麼地方去。然後睜開眼睛看手錶。時針指著1點57分。25分鐘不知道消失到什麼地方去了。不錯。我想。沒有效用的消磨。一點都不錯。

我眼睛再看一次鏡子。那上面映出跟平常一樣的我。我舉起右手時，那鏡像就舉起左手。我舉起左手時，那像就舉起右手。我做出要放下右手的樣子卻咻一下放下左手時，那像便做出要放下左手的樣子卻咻一下放下右手。沒問題。我從沙發上站起來，走了25層樓的階梯下到門廳去。

從此以後我每天上午11點左右，就去看那樓梯。我跟大廈管理員已經混熟了

（我帶過食品禮盒去送他），現在可以自由進出大廈了。連接24樓和26樓的樓梯，我來回走了不下兩百次。走累了就在樓梯間的沙發上坐下來休息，眺望著從窗戶可以看見的天空，檢視鏡子裡映出的自己的姿態。我到理髮廳去把頭髮剪短，把衣服全都洗了，穿上和長褲顏色搭配的襪子。這樣一來有人在我背後指指點點的可能性應該降低一點了。

不管多麼注意地搜尋，都沒辦法找到任何一件像記號似的線索，不過雖然如此，我並沒有失望氣餒。要尋找重要線索，和飼養一隻不容易馴服的動物很類似。並沒有那麼簡單。要很有耐心和很注意，這是對做這種工作來說最重要的資質。然後當然還有直覺。

我每天到那裡去之後，知道了有人利用那個樓梯的事實。雖然人數不那麼多，不過確實有幾個人在日常生活中會通過那段樓梯的迴旋空間，或者至少像是在使用著。從沙發腳下掉落有糖果的包裝紙，菸灰缸裡留下Marlboro的菸蒂，或留下讀過的報紙等事情，可以推測出來。

星期天下午，我和走上樓梯來的男人擦肩而過。一個30歲出頭面貌嚴肅的小個子男人，穿著綠色運動服，穿著Asics的鞋子。戴著很大的Casio手錶。

「你好！」我出聲招呼。「可以打擾一下嗎？」

「可以呀。」男人說，把手錶的按鈕按下。然後深呼吸幾次。印有Nike商標的套頭衫胸前汗濕了一片。

「你平常就在樓梯上跑上跑下嗎？」我問。

「我跑著上來，到32樓。不過下去則搭電梯。因為跑著下樓很危險。」

「每天都跑嗎？」

「不，因為要上班，所以不太有時間。只能在週末一口氣來回跑幾次。平常如果工作早結束、下班早的話也會跑。」

「您住在這棟大樓裡嗎？」

「當然。」跑者說。「我住在17樓。」

「住在26樓的胡桃澤先生，您認識嗎？」

「胡桃則先生？」

「戴著Armani金邊眼鏡，在證券公司當營業員，每次都走樓梯上下的人。身高大約173公分。年齡40歲。」

跑者想了一下之後想起來了。「啊，是那個人。我知道啊。談過一次話。我跑步的時候有時候會遇到。有時候他會坐在沙發。說是不喜歡電梯，每次都只走樓梯的人對嗎？」

「是的。就是這個人。」我說。「不過，平常使用這樓梯的人，除了胡桃澤先生之外還有不少嗎？」

「嗯，有啊。」他說。「雖然不很多，不過有幾位經常使用樓梯的像固定顧客似的人。有不喜歡搭電梯的人。還有除了我以外，也有兩個常常跑跑樓梯的人。說是這附近沒有理想的跑步路線，所以就以上下樓梯來代替。還有幾個雖然不跑步，不過為了維持健康而使用樓梯的人。因為這裡的樓梯既寬敞又明亮又清潔，比起其他高層大廈來說，好像比較常被使用的樣子。」

「您會不會也知道這些人的名字呢？」

「不。」跑者說。「臉我大概還記得，擦肩而過的時候彼此會輕輕打個招呼。不過並不知道姓名和地址。因為畢竟是都會裡的大樓住宅呀。」

「我明白了。謝謝您。」我說。「把您留住，真抱歉。請繼續加油吧。」

男人按下碼錶解除暫停鈕，又在樓梯上繼續往上跑。

星期二，我坐在那個沙發上時，有一位老人從樓梯上走下來。白頭髮，戴著眼鏡，年齡看起來大約75歲上下。身上穿著長袖襯衫，灰色長褲，腳穿涼鞋。穿的衣服都很乾淨，沒有一點皺紋。個子高高的，姿勢也很挺。看起來像是才退休不久的，小學校長似的。

「你好！」他說。

「您好！」我說。

「我可以在這裡抽根菸嗎？」

「請便，請便，不用客氣。」我回答。

他在我旁邊坐下來，從長褲口袋裡拿出Seven Star，用火柴點上。然後把火柴熄滅，丟進菸灰缸中。

「我住在26樓。」他慢慢吐出煙之後說。「我跟兒子媳婦一起住，不過他們說一抽菸屋子裡就很臭，所以我想抽菸的時候，就會到這裡來。你抽菸嗎？」

我說我戒菸已經12年了。

「我也可以戒菸的噢。反正，一天只抽幾根，想戒的話，隨時都可以簡單地戒掉。」老人說。「不過，到外面買菸，或者走出家裡特地到這裡來抽一根，幸虧有這些雜事可做，每天的時間才過得比較順暢。趁機動一動身體，才不會去東想西想一些多餘的事情。」

「換句話說是為了健康而繼續抽菸的嗎？」我說。

「其實你說得沒錯。」老人一本正經地說。

「您剛剛說住在26樓對嗎？」

「沒錯。」

「那麼您認識住在2609室的胡桃澤先生嗎？」

「嗯，認識啊。戴著眼鏡的對嗎？在所羅門兄弟公司上班吧？」

「是美林公司。」我更正。

「對了。是美林。」老人說。「曾經在這裡談過幾次話。他有時候也會到這張長椅上來坐一坐。」

「胡桃澤先生，到這長椅上來做什麼呢？」

「這個，我也不清楚。大概只是恍惚地發發呆而已吧。他好像也沒抽菸的樣子。」

「有沒有像在想什麼，或那類的事情呢？」

「不太清楚。這方面的差別很難說。是發呆呢？──還是想事情呢？我們日常的生活裡就在想事情。我們雖然絕對不是為了想事情而活著的，不過也不像是為了活下去而在想事情的。好像跟巴斯卡（Blaise Pascal）的學說相反似的，我們有時候，可能是以不要再活為目的而在想事情。所謂發呆──其實可能是下意識地想把這種反作用撫平，也不一定。不管怎麼說都是很難回答的問題。」

老人這樣說著，深深地吸進香菸的煙。

我試著再問。「胡桃澤先生有沒有說過類似工作很辛苦啦，或家庭有什麼問題之類的事情？」

老人搖搖頭，把菸灰抖落在菸灰缸裡。「正如你所知道的，所有的水都會流過被賦予的最短距離。但有時候，最短距離是靠水本身所形成的。人的思考，說起來跟那樣的水的機能很類似。我經常懷有這種印象。不過我不能不回答你的問題對嗎？我跟胡桃澤先生從來也沒有聊過一次像那樣深入的話題。只不過淡淡地做一下世俗的寒暄而已。像天氣啦、大廈的住戶公約啦，大概這樣而已。」

「我明白了。對不起麻煩您了。」我說。

「有時候我們並不需要語言。」老人說。好像沒聽進我說的話似的。「可是另一方面，不用說，語言經常需要我們當媒介。如果我們不存在的話，語言也就失去存在意義了。不是這樣嗎？那就會變成永遠沒有被發出的語言，沒有被發言的語言，已經不能算是語言了。」

「沒錯。」我說。

「這是一個值得一再重複思考幾次的有價值的命題。」

「就像禪的公案一樣。」

「真的是。」老人說著點點頭。

抽完一根菸後，老人站起來，打算回到屋子裡去。

「祝你愉快。」他說。

「再見。」我說。

星期五下午兩點過後，我走上25樓和26樓之間的樓梯間時，沙發上坐著一個小女孩，正一面看著鏡子裡自己的身影，一面唱著歌。大約剛上小學的年紀。穿著粉紅色的T恤，粗棉斜紋短褲，背著綠色小背包，膝蓋上放著帽子。

「妳好！」我說。

「你好！」小女孩停止唱歌說。

本來想在她身旁坐下來的，但擔心有人經過時，會引起什麼奇怪的懷疑，所以靠在窗邊的牆壁上，保持距離跟她說話。

「學校放學了嗎？」我試著問問看。

「我不想談學校的事情。」小女孩說。一副沒有讓步餘地的口氣。

「那就不要談學校的事情好了。」我說。「妳住在這棟大廈裡嗎？」

「是的。」小女孩說：「27樓。」

「那麼，說不定妳就常常在這樓梯上走上走下囉？」

「因為電梯臭臭的。」小女孩說。

「因為電梯臭臭的，所以妳就走27樓上來嗎？」

小女孩對著鏡子裡映出的自己的影像大大的點頭。「不是經常。是有時候。」

「腳不會累嗎？」

小女孩沒有回答我的問題。「嘿，叔叔，掛在這棟大廈的樓梯間的鏡子之中，就屬這面鏡子照出來的最漂亮噢。而且這面鏡子照出來的跟我們家的鏡子照出來的完全不一樣。」

「怎麼個不一樣法？」

「你自己看看吧。」小女孩說。

我走上前一步朝鏡子裡看，試著看看映在鏡子裡的自己的影像。這麼一說，映在那鏡子裡的我的影像，和平常我在其他鏡子裡看到的自己的影像確實感覺有一點不同。鏡子那一邊的我，比這邊的我稍微胖一點，看起來似乎稍微樂觀一點。例如——簡直就像剛剛吃過很多熱烘烘的鬆餅似的。

「叔叔，你有沒有養狗？」

「沒有，我沒有養狗。不過我養了熱帶魚。」

「哦。」小女孩說。不過她對熱帶魚似乎不太感興趣的樣子。

「妳喜歡狗嗎？」我問她。

她沒有回答這話，卻提出別的問題。「叔叔，你有小孩嗎？」

「我沒有小孩。」我回答。

小女孩以疑心很重的眼光看著我的臉。「我媽媽說，不可以跟沒有小孩的男人說話。她說這種人變態的機率比較高。」

「雖然不見得是這樣。不過妳媽媽說得沒錯，確實對不認識的陌生男人要提高警覺比較好。」我說。

「不過叔叔大概不是變態的人吧？」小女孩說。

「我想不是。」

「不會忽然把雞雞給人看吧？」

「不會。」

「也沒有在收集小女孩的內褲吧？」

「沒有。」

「那你有在收集什麼嗎？」

我稍微考慮一下。我在收集現代詩的初版版本，不過我想這種事情在這裡講大概也沒有用吧。「我沒有特別在收集什麼，妳呢？」

她也考慮了一下。然後搖了幾次頭。「我想我也沒有特別收集什麼。」

然後我們暫時沉默一會兒。

「嘿，叔叔，在Mr. Donut甜甜圈店裡你最喜歡什麼？」

「Old Fashion。」我當下立刻回答。

「這個我不知道。」小女孩說。「好奇怪的名字。我喜歡的是『熱烘烘的滿月』還有『泡泡小白兔』。」

「這我都沒聽過。」

「裡面有果凍和豆沙的啊。很好吃噢。不過媽媽說吃太多甜的東西頭腦會變笨笨的，所以不太肯買給我。」

「聽起來好像很好吃的樣子。」我說。

「嘿，叔叔你在這裡做什麼呢？你昨天也來這裡噢？我有瞄到一下下。」小女孩問。

「我在這裡找東西呀。」

「找什麼樣的東西？」

「不知道。」我老實說。「我想大概是像門一樣的東西吧。」

「門？」小女孩說。「什麼樣的門？門也有各種形狀和顏色啊。」

我落入沉思。什麼形狀和顏色呢？這麼說來，我到目前為止還沒有想過關於門的形狀和顏色的事情。真奇怪。「我不知道。到底是什麼形狀和顏色的呢？說不定，那個連門都不是。」

「說不定，是像雨傘一樣的東西呢？」

「雨傘？」我說。「對呀，我覺得並沒有理由說那不可以是雨傘哪。」

「雨傘和門的話，形狀和大小和用途都很不同噢？」

「是很不同。確實沒錯。不過只要看到一眼的話，我應該就會啪一下馬上知道的。啊，對了，這就是我要找的東西。不管那是雨傘也好，是門也好，是甜甜圈也好。」

「哦？」小女孩說。「叔叔已經找這個找很久了嗎？」

「很久了。從妳出生以前開始就一直在找了。」

「是這樣啊。」她說。然後一面望著自己的手掌一會兒，一面想著什麼。

「我也來幫你找那個吧。」

「妳要幫我忙，我非常高興。」我說。

「只要找到也許是門，是雨傘，是甜甜圈，是大象，或什麼莫名其妙的東西就可以對嗎？」

「是的。」我說。「不過只要看到的話立刻就會知道是那個。」

「好有趣呀。」小女孩說。「不過今天我差不多要走了。因為等一下我要去上芭蕾課。」

「那就再見了。」我說。「謝謝妳跟我說話。」

「對了，叔叔你說你喜歡的甜甜圈叫做什麼名字？再說一遍好嗎？」

「Old Fashion。」

小女孩一臉為難的臉色，嘴裡小聲重複幾次“Old Fashion”。

「再見。」小女孩說。

「再見。」我說。

小女孩站起來後，就一面唱歌一面走上樓梯消失了。我閉上眼睛，再一次任身體沉入時間之流中，讓時間沒什麼效用地消耗過去。

星期六，委託人打電話來。

「我先生找到了。」她一開口就這樣直接說。沒什麼客套或寒暄。

「找到了？」我再反問一次。

「是的。昨天中午左右，警察打電話來。說他躺在仙台車站候車室的長椅上，被找到後正被保護中。據說身上沒有半毛錢，也沒帶身分證之類的證件。不過他總算漸漸想起自己的姓名、地址、和電話號碼。我立刻到仙台去。確定是我先生沒錯。」

「為什麼會在仙台呢？」我問。

「這點他本人也不知道為什麼。據說一留神時，人已經躺在仙台車站的長椅上，車站的職員正在搖著他的肩膀。身上沒有半毛錢怎麼能到仙台去呢？二十天之間到底在什麼地方做了什麼事情，怎麼吃東西的，連他本人也想不起來。」

「他穿著什麼衣服？」

「穿著和離家出走的時候一樣的衣服。鬍子長長了二十天分，體重減輕了十公斤左右。眼鏡好像在什麼地方遺失了。我現在正從仙台的醫院打電話。我先生正在這裡接受身體檢查。例如電腦斷層掃描、X光、精神鑑定等。不過現在頭腦已經恢復轉動，身體好像也沒有什麼問題。只是記憶消失了而已。從母親的家裡出來，到走上樓梯去的地方還記得，不過在那以後就沒有記憶了。但總之，我想明天就可以一起回東京了。」

「那太好了。」

「非常感謝您這一陣子為我們所做的調查。不過因為事情已經這樣了，應該不需要再勞駕您了。」

「看樣子是這樣啊。」我說。

「從頭到尾事情都漫無章法可言，雖然還有很多地方說不清楚，讓人放不下心，不過總之我先生既然已經平安回來了，不用說，這對我是最重要的事情了。」

「當然，妳說得沒錯。」我說。「這比什麼都重要。」

「還有，就是關於報酬的事，您還是不願意接受嗎？」

「就像第一次見面的時候我跟您說過的那樣，我不能接受任何形式的謝禮。所以關於這個，就請不用掛心。謝謝妳想得這麼週到。」

接著一陣沉默。該交代的事情已經都交代清楚了吧，由於來龍去脈已經清楚之後的涼涼沉默。我儘管能力有限卻也加重了那沉默，暫時吟味著那涼勁。

「那麼祝您愉快了。」終於她這樣說完就掛上電話。其中不能說沒有含同情的音調在內。

我也放下聽筒。然後手指間暫時慢慢轉動著新鉛筆，眼睛一面注視著雪白的便條紙。雪白的便條紙使我想起剛從洗衣店拿回來的新床單。新床單使我想起在那上面舒服地睡午覺的好脾氣的三毛貓。在新床單上睡午覺的好脾氣三毛貓的印象，使我的心情多少平靜下來。然後我追溯著記憶，把她嘴裡說過的事情一件又一件地，在雪白的便條紙上用工整的字體寫下來。仙台車站、星期五中午、電話、體重減少10公斤、同樣的衣服、眼鏡遺失、二十天的記憶消失。

二十天的記憶消失。

我把鉛筆放在桌上，身體直挺挺地攤在椅子上，仰頭望著天花板。天花板上滲著斑斑不規則的花紋，瞇細眼睛仔細看時，好像也有點像天體圖。我一面仰望著那虛擬的星空，一面想著說不定應該為了健康而再度開始抽菸呢？腦子裡還輕微響著高跟鞋在樓梯間走上走下時所發出的聲音。

「胡桃澤先生，」我朝向天花板的一角，發出聲音說：「歡迎回到現實的世界來。由得了不安神經症的母親、穿著冰錐般尖銳高跟鞋的太太、和美林證券公司所圍成的美麗三角形的世界。」

而我則也許又要去某個別的地方，繼續尋找形狀像門、或雨傘、或甜甜圈、或大象的東西吧。不管是哪裡，只要能找到那個的地方。

日日移動的腎形石

淳平十六歲的時候，父親說過這樣的話。雖然是血脈相傳的父子，不過因為關係並沒有親密到可以促膝相談的融洽地步，而且父親也難得提到人生哲學（大概是屬於這種）的所見所聞，所以當時的對話還留下鮮明的記憶。雖然已經完全想不起為什麼會提到那種話題的。

「男人的一生中，只會遇到三個真正有意義的女人。既不會比這多，也不會比這少。」父親說。不，應該說是斷言吧。父親以淡淡的口氣，但斬釘截鐵地這樣說。就像在說地球花一年時間繞太陽周圍一圈似的。淳平默默地聽著。一方面因為突然聽到這樣的話很驚訝，一方面至少在那個時間點一時也想不起該說什麼意見。

「所以你以後會認識很多女人，並跟她們交往，」父親繼續說：「如果搞錯對象的話，也是徒勞無益的。這一點你最好要記住。」

後來，有幾個疑問浮上年輕兒子的腦海。「父親是不是已經遇到那三個女人了？母親是不是其中的一個？那麼，他跟另外兩個人之間到底發生了什麼事？」可是他不能對父親提出這種問題。回到剛開始的話題，兩個人並沒有親密到可以推心置腹交談的地步。

十八歲時他離開家，到東京上大學，從此以後認識了幾個女孩子，開始跟她們交往。其中有一個對淳平來說正是屬於「真正有意義」的女人。對這點他擁有確實的信心，而且到現在還擁有確實的信心。不過，她卻在淳平把那種感覺化為具體形式表達出來以前（他的個性是要把什麼事情具體化都需要比別人花更多時間），就跟他最要好的朋友結婚了。現在已經做媽媽了。所以，在人生的選項中，首先就不得不把她除外。不得不橫下心，把她的存在從腦子裡排除掉。結果他的人生中還留下「真正有意義」的女人，人數——當然是說完全接受父親說法的話——就只剩下兩個人了。

淳平每次認識新女孩子的時候，就會捫心自問起來。這個女人對自己來說，是不是真正有意義的對象呢？而且這問題，經常會帶來一種進退不得的窘境。也就是說，他會繼續期待對方就是那個「真正有意義」的女人（誰不會這樣期待呢？），但同時，他也很害怕，這數目有限的王牌在他人生的早期階段就用完了。由於和第一次遇到的重要對象沒有好結果，淳平對自己的能力——能讓愛情在適當時候適當具象化，擁有這種重要意義的能力——已經失去自信心。結果，自己也許只是個一面擁有很多無聊東西，一面讓人生更重要的東西繼續溜走的人，他常常這樣想。而且每次想到時，他的心就會沉進缺少光明和溫暖的地方去。

就因為這樣，每次跟新認識的女孩子交往幾個月後，如果在對方的人品或言行中找到任何一點，不管多麼微小的事情也好，有不中意的地方或觸動他神經的地方時，他心中的某個角落就會多少鬆一口氣。結果，他跟許多女人都繼續保持一種若即若離的淡淡關係，似乎已成為他人生的一種固定類型。他會像在探尋對方的模樣般暫時交往，到達某個地步時自然就解除關係。臨分手時，一定不會發生各執己見或吵架的事情。或者不如說，不能安安穩穩地解除關係的對象，從一開始就避免互相牽扯。淳平在不知不覺之間，已經學會選擇分辨這種方便對象的類似嗅覺。

這種能力是本來的性格所衍生出來的呢，還是後天所形成的呢，他自己也無法判斷。不過如果是屬於後天的話，那麼這或許也不妨稱為父親的詛咒。他在大學畢業的時候曾經和父親激烈地爭吵過，從此以後就斷絕了一切來往，但只有父親所提出的「三個女人」說法，仍在沒有充分說明根據之下，就化成一種強迫觀念糾纏他的人生。甚至也半開玩笑地想到是不是要往同性戀的方向前進，那麼，這樣一來或許就可以從這微不足道的倒數計時困境逃出了吧。然而不知道是幸或不幸，淳平卻只對女性感覺得到性的興趣。

後來才知道，當時他所認識的女人，比他大。三十六歲。淳平三十一歲。朋友在從惠比壽往代官山的路上，開一家法國小餐館，他應邀參加開幕典禮。他在深藍色Perry Ellis的絲質襯衫上，穿了同色系的夏季西裝外套。那天本來約好在那裡見面的熟朋友忽然沒辦法來了，因此他就變得有點難以打發時間。一個人坐在等候區的高凳子上，用大玻璃杯花時間慢慢喝著波爾多葡萄酒。他想差不多可以走了。眼光尋找著餐廳主人的身影，打算過去跟他打招呼時，一個高個子女人，手上拿著一杯不知名的紫色雞尾酒，往他這邊走近來。姿勢非常美，這是對她的第一印象。

「我在那邊聽說您是小說家，真的嗎？」她手肘搭在吧檯上這樣問。

「大體上，好像算是。」他回答。

「大體上算小說家噢。」

淳平點點頭。

「出了幾本書？」

「短篇兩本，翻譯一本。都不太暢銷就是了。」

她重新檢視淳平的外表。然後露出大致滿意似的微笑。「不管怎麼樣，我這輩子還是第一次遇到真正的小說家。」

「請多指教。」

「請多指教。」她也說。

「不過遇到小說家，也沒有什麼特別有趣的事情啊。」淳平好像在說藉口似地說。「因為並不是擁有什麼特別的技藝。如果是鋼琴家的話可以彈鋼琴，畫家的話可以畫一下素描，魔術師的話可以耍個簡單的技法……可是小說家卻一時什麼也沒辦法表現。」

「不過，你看，有沒有什麼像藝術光環之類的可以供鑑賞呢，沒有嗎？」

「藝術光環？」淳平說。

「普通人難以求得的光輝，之類的東西。」

「每天早晨刮鬍子的時候，我會對著鏡子看自己的臉，可是從來沒有發現過這種東西。」

她很親切地笑了。「你寫的是什麼類的小說呢？」

「常常有人這樣問我，不過有點難說明是什麼類的。因為不容易歸到某個特定種類……」

她用手指撫摸著雞尾酒杯的邊緣。「這麼說也就是——像所謂的純文學那樣的嗎？」

「大概吧。可以感覺到像『不幸的信』似的意味。」

她又笑了。「可是我有聽過你的名字嗎?」

「妳讀不讀文學雜誌?」

她輕輕的,但很斷然地搖頭。

「那麼,我想沒有。因為我在世間一點都沒有名。」淳平說。

「有沒有被芥川賞提名候選過?」

「五年中有四次。」

「不過沒有得獎?」

他只安靜地微笑。她並沒有徵求同意,就在旁邊的高凳上坐下來。然後啜著剩下的雞尾酒。

「沒關係呀。得什麼獎反正只是業界運作的而已吧。」她說。

「如果實際上得獎的人很清楚地這樣說的話,那倒真的很有真實感。」

她報了自己的名字。叫做桐慧(Kirie)。

「聽起來好像是彌撒曲的一部分似的。」淳平說。

第一眼看起來,她比淳平高個2公分或3公分左右。頭髮剪得短短的,全身曬得很均勻，頭形非常漂亮。穿著淡綠色麻紗外套，長度及膝的寬褶裙。外套的袖子折到手肘上。外套裡面穿著簡單的棉襯衫，襟上佩戴著一個土耳其藍的小別針。胸部既不大，也不小。穿著很灑脫，不做作，同時並擁有自己一貫的清楚方針似的。嘴唇豐滿，每次說完什麼的時候，就會撇一下或噘一下。因為這樣，有關她的一切事情就不可思議地變得活生生的，顯得很新鮮。額頭寬廣，思考事情的時候，會出現橫向的，三道平行皺紋。思考完畢時，那皺紋就又啪一下消失。

淳平發現自己的心被她吸引了。她身上不知道有什麼，不可捉摸，卻執拗地吸引他心的東西。獲得腎上腺素的心臟，像悄悄送出信號般發出微小的聲音。喉頭忽然感到一陣焦渴，淳平向一個正走過身邊的服務生要了沛綠雅礦泉水。這個女人對自己來說是不是真正有意義的對象呢？他像平常一樣這樣想。是剩下的兩個人中的一個嗎？是第二個好球嗎？應該放過嗎？還是應該揮棒呢？

「你從以前就想當作家嗎？」桐慧問。

「這個嘛？可以這麼說，不過或許應該說沒有其他志願吧。想不起其他還有什麼可以選擇的。」

「也就是說夢想成真了。」

「是嗎？我是想過要成為優秀作家。」淳平伸出雙手，做出三十公分左右的距離。「不過我覺得和理想之間好像有很大的差距。」

「誰都有所謂的出發點。前面的路還很長吧。不可能一開始就很完美。」她說。「您現在幾歲?」

這時候兩個人互相告訴對方年齡。她似乎毫不介意自己年紀比較大的樣子。淳平也不介意。他說起來,與其年輕女孩子不如更喜歡成熟女性。而且大多的場合,在分手的時候對方年紀比自己大也比較輕鬆。

「妳在做什麼樣的工作?」淳平問。

桐慧嘴唇牽成一直線,第一次臉色認真起來。「嗯,我看起來像是在做什麼工作的呢?」

淳平搖一搖玻璃杯,讓紅葡萄酒繞一圈。「提示一下?」

「沒有提示。很困難嗎?不過,觀察然後判斷不就是你的工作嗎?」

「那不一樣。觀察、觀察、再觀察,至於判斷則盡量拖延到後面,這是小說家的正確做法。」

「原來如此。」她說。「那麼就試著觀察、觀察、再觀察,然後想像看看吧。這樣的話應該不會跟你的職業倫理相牴觸吧?」

淳平抬起頭來,重新很注意地望著對方的臉。試圖讀取浮在那上面的秘密符號。她筆直地凝視著淳平的眼睛，他也筆直地凝視對方的眼睛。

「只不過是沒有根據的想像，不過我想妳大概是從事某種專門職業吧。」過一會兒他這樣說。「換句話說不是誰都會做的工作，是需要特殊技能的。」

「這點倒是猜對了。確實不是誰都會做的工作。就像你說的那樣。不過，可以更具體地限定範圍嗎？」

「跟音樂有關係嗎？」

「No。」

「服裝設計？」

「No。」

「網球選手？」

「No。」她說。

淳平搖搖頭。「我看妳曬了不少太陽，身體相當結實，手臂上有肌肉。也許常常在戶外運動。不過卻不像是在做戶外勞動的樣子。從氣氛上來說。」

桐慧撩起外套的袖子，把露出的兩邊手腕放在櫃檯上，轉動著檢查看看。

「觀察得相當深入的樣子。」

「不過卻沒有給出正確答案。」

「小秘密是很重要的。」桐慧說。「我不想剝奪你觀察和想像的職業上的喜悅……。不過，我只給你一個提示好了。我的情況也跟你一樣。」

「跟我一樣？」

「也就是說，我做的職業是，從小時候開始就想要做的事情。就像你一樣。雖然走到這個地步絕對不是容易走的路。」

「那真好。」淳平說。「這是非常重要的事情噢。所謂職業，本來就應該是一種愛的行為。不是像為了方便而結的婚那樣。」

「愛的行為。」桐慧很佩服似地說。「這是，很漂亮的比喻喲。」

「不過妳想我聽過妳的名字嗎？」淳平問。

她搖搖頭。「我想沒有。因為我在世間並不特別有名。」

「誰都有出發點。」

「沒錯。」桐慧說著笑了。然後又收斂成認真的臉色。「不過我的情況，跟你的情況不同，是從一開始就被要求需要完美。不容許失敗。不是完美，就是無。這裡沒有中間。也不能重新再做一次。」

「這也是提示嗎？」

「也許。」

服務生端著盛有香檳杯的托盤繞過這邊來，她拿起兩杯，一杯遞給淳平，說「乾杯」。

「為兩個人的專門職業。」淳平說。

於是兩個人碰了杯，發出輕微而帶有秘密意味的聲音。

「對了，你結婚了嗎？」

淳平搖搖頭。

「我也沒有。」桐慧說。

那一夜，她在淳平家過夜。喝了餐廳送的葡萄酒，然後做愛，睡覺。淳平第二天早晨十點過後醒來時，她已經不見蹤影。只留下身旁枕頭上的一個凹痕，形狀就像缺損的記憶一般。枕頭邊留下一張這樣的便條紙「因為有工作所以先走了。如果願意的話，請連絡。」上面並留有手機的號碼。

他撥了那電話號碼，兩個人在星期六傍晚見面。到餐廳吃飯，喝一點葡萄酒，到淳平家上床，一起睡覺。到了早晨，她又再同樣地消失蹤影。雖然是星期天，但還是留下一張簡潔的便條寫著「因為要工作，我走了。」桐慧到底在做什麼樣的工作呢？淳平還不知道。不過可以確定是從早晨很早就開始做的工作。而且她——至少有時候——連星期天也工作。

兩個人不愁沒有話題。桐慧頭腦很靈活，很會說話。話題也很豐富。她算起來比較喜歡讀小說以外的書。像傳記、歷史、心理學，和為一般讀者所寫的科學書等。而且桐慧這方面的知識豐富到令人驚訝的地步。有一次，她對有關預鑄式住宅的歷史所擁有的精密知識，令淳平驚訝不已。預鑄住宅？難道妳是從事建築相關行業的？No，她說。「不管什麼東西，只要是非常實際的東西就能引起我的興趣。只是這樣而已。」她說。

不過她讀了淳平所寫的兩本短篇集之後，說非常棒。比預料的有趣得多。

「其實我私底下很擔心呢。」她說。「如果讀了你寫的書卻覺得一點都沒趣的話，怎麼辦？該怎麼說才好呢？不過實在不用擔心。因為我讀得很開心。」

「那真幸好。」淳平鬆一口氣地說。其實在應她的要求把自己的書交給她的時候，他也擔心過同樣的事情。

「這不是客套話噢。」桐慧說。「我想你具備了特別的東西。成為一個傑出作家所必需的東西。雖然氣氛很安靜，不過有幾篇寫得特別生動，文章也很美。而且最重要的是很能取得平衡。說真的，我覺得其他的都還在其次，我最先注意的就是所謂的平衡。不管音樂也好、小說也好、繪畫也好。而且我如果遇到不能取得平衡的作品或演奏時——換句話說就是遇到品質不太好的未完成的東西時——就會覺得非常不舒服。像暈車暈船那樣。我不去聽音樂會，也幾乎不太讀小說，大概也因為這個。」

「因為不喜歡遇到不平衡的東西？」

「是的。」

「為了避開這風險，所以既不讀小說也不去聽音樂會？」

「沒錯。」

「我覺得這好像是相當極端的意見。」

「因為我是天秤座啊。我對於沒有取得平衡的東西無論如何都難以忍受。與其說是難以忍受——」她閉上嘴搜尋著確切的字眼。但沒有找到適當的字眼。只好暫時舒一口氣。「不過先不談這個，在我的印象中，我想你有一天一定會寫出更長更大部頭的小說。而且我覺得你一定會因此，而成為更有重量的作家。雖然也許要花一些時間。」

「我本來就是短篇小說的作家啊。並不適合寫長篇小說。」淳平以乾乾的聲音說。

「我還是這樣覺得。」她說。

淳平於是沒有再多表示意見。只是沉默下來，側耳傾聽著空調的運轉。老實說，他過去也曾經挑戰過幾次長篇小說。不過每次都半途而廢擱下筆來。要寫故事需要集中精神，而且必須很長期間保持這種狀態，他怎麼也沒辦法做到。剛開始寫的時候覺得自己好像可以寫出很美好的東西。文章很生動，接下來似乎沒問題的樣子。故事自然就湧出來。可是隨著往前進之後，這種氣勢和光輝卻逐漸減少，眼看著漸漸消失而去。變得越來越細，最後就像火車頭減低速度然後停下那樣，完全消滅。

兩個人在床上。季節是秋天。在結束了長長的親密做愛之後，兩個人都還赤裸著。桐慧把肩膀縮進淳平的臂彎裡。床頭櫃上還擺著兩只留有白葡萄酒的玻璃杯。

「嘿。」桐慧說。

「嗯?」

「淳平，你另外還有非常喜歡的女孩子吧?或者應該說是無論如何都忘不了的人。」

「有。」他承認。「這妳也會知道嗎?」

「當然。」她說。「女人哪，對這方面非常敏感的。」

「不過我覺得並不是所有的女人都這麼敏感。」

「我也不是在說所有的女人。」

「原來如此。」淳平說。

「不過你沒辦法跟她交往對嗎？」

「因為有某種原因。」

「這原因難道完全沒有解除的可能性嗎？」

淳平短截乾脆地搖搖頭。「沒有。」

「是滿嚴重的原因囉？」

「我不知道是不是嚴重。不過總之就是個原因。」

桐慧喝一點葡萄酒。

「我就沒有遇到這種人。」她像喃喃自語似地說。「而且我非常喜歡淳平噢。我的心很強烈地被你吸引，而且兩個人這樣在一起，心情就會充滿幸福，覺得非常安穩。但是，我並不想跟你在一起。怎麼樣，覺得安心了嗎？」

淳平把手指伸進她的頭髮裡。他沒有回答桐慧的問題，卻提出另一個問題。

「那為什麼呢？」

「你是指為什麼我沒有打算跟你在一起嗎？」

「對。」

「你在意嗎？」

「有一點。」他說。

「我沒辦法跟人在日常生活中結下很深的關係。不是只有跟你，跟別人也一樣。」她說。「我現在想完全集中精神在自己正在做的工作上。如果跟什麼人在日常生活中一起過日子，把感情深深投入對方身上的話，我很可能會沒辦法做下去。所以最好是維持像現在這樣。」

淳平稍微思考一下。「換句話說妳不想讓心亂掉？」

「對。」

「心一亂掉就會失去平衡，妳的生涯就可能會產生重大的障礙。」

「沒錯。」

「為了避免這種風險，於是就不跟任何人一起生活。」

她點點頭。「至少在我還在做現在這個職業的時候。」

「不過，妳卻不肯告訴我，那是什麼樣的職業？」

「你猜猜看吧。」

「小偷。」淳平說。

「No。」桐慧認真地回答。然後表情很開心地笑開了。「雖然是很有魅力的推測，不過小偷並不需要從一大早就開始工作。」

「Hit man（殺手）。」

「Hit person。」她更正。「不管哪一種，都不是。為什麼你老是想到這麼糟糕的事情呢？」

「這是法律所容許的工作嗎？」

「沒錯。」她說。「那真的是在法律規範的框架內所進行的。」

「秘密搜查官？」

「No。」她說。「這個話題今天到此為止。我倒是，想聽聽淳平的工作。可以跟我說你現在正在寫的小說嗎？你正在寫著什麼吧？」

「現在正在寫短篇小說。」淳平說。

「什麼樣的？」

「還沒寫到最後。只寫到一半正在暫時休息中。」

「如果方便的話，我想聽聽那一半的情節，可以嗎？」

聽她這麼一說，淳平沉默下來。他執筆寫到一半的小說內容，向來是絕對不告訴別人的。那就像一種碰不得的禁忌似的。一旦化為語言從嘴巴說出去之後，某種東西，就會像朝露般消失掉。微妙的意思，會化為薄薄的布景。從此秘密就不再是秘密了。不過在床上手指像這樣一面梳撫著桐慧的短髮時，淳平一面想如果是她的話也許說也沒關係。反正這幾天正被什麼卡住，連一步也沒辦法前進。

「我用第三人稱寫，主角是女的。年齡三十出頭。」他開始說。「是一個醫術高明的內科醫師，在一家大醫院任職。單身，不過和在同一家醫院裡任職的四十歲代後半的外科醫師有秘密戀情。對方是有妻室的。」

桐慧想像著那個人物。「她很有魅力嗎？」

「我想是足夠有魅力的。」淳平說。「不過還比不上妳。」

桐慧笑著，吻一下淳平的脖子。「那麼是，正確答案囉？」

「需要正確答案的時候，就會以正確答案回應。」

「尤其在床上。」

「尤其在床上。」他說。「她請了假一個人去旅行。季節正好是現在這個時節。她住在山間的溫泉小旅館，沿著溪谷悠閒地散步。賞鳥是她的興趣。尤其喜歡看翠鳥。她走在河岸邊的時候發現了一塊奇怪的石頭。帶有紅色的黑石頭，滑溜溜的，形狀很眼熟。她立刻發現，那是個腎臟形。因為她是專家。尺寸、色澤、厚度，也跟真正的腎臟一模一樣。」

「於是她把那塊腎臟石撿起來帶回家。」

「沒錯。」淳平說。「她決定把那塊石頭，帶回醫院裡自己的辦公室去，當作紙鎮來用。拿來壓文件大小剛剛好，重量也恰到好處。」

「而且氣氛也適合醫院。」

「沒錯。」淳平說。「不過幾天後，她發現一件奇怪的事情。」

桐慧默默地等著他繼續說。淳平好像故意賣關子似地停頓了一下。不過其實他不是故意要賣關子。老實說，接下來的情節還沒有出來。他的故事就在這一點，停止進行了。他站在這個沒有路標的交叉點上，張望四周，努力動腦筋。想故事的後續發展。

「到了早上，那塊腎臟石的位置會移動。她回家的時候，把石頭放在桌上。因為個性龜毛，所以每次都會精確地固定放在同一個地方。但有一天早晨，那塊石頭卻跑到旋轉椅的座位上。有時候跑到花瓶旁邊，有時候滾落地上。她首先想到，也許是自己記錯了。其次懷疑自己的記性是不是起了什麼變化。門是上了鎖的，應該沒有任何人進來才對。當然警衛有鑰匙。不過那位警衛是個工作了很久的人，他不會隨便擅自闖進別人的辦公室。而且，假定他每天晚上侵入她的辦公室，移動代替紙鎮的石頭擺放位置，用意又何在呢？室內其他東西的位置並沒有出現異常變化。沒有遺失任何東西，也沒有任何東西動過。只有石頭的位置改變了而已。因此她沒了主張。妳覺得呢？那塊石頭為什麼夜裡會改變位置呢？」

「那塊腎臟石擁有自己的意志啊。」桐慧很乾脆地這樣說。

「腎臟石到底擁有什麼樣的意志呢？」

「腎臟石想要動搖她啊，想要一點一點地，花時間動搖她。這是腎臟石的意志。」

「為什麼腎臟石會想要動搖她呢？」

「這個嘛。」她說完吃吃地笑。「是動搖醫師的石頭的意志。」

「別開玩笑了。」淳平以不耐煩的聲音說。

「那不是你該決定的事情嗎？所以淳平你是小說家啊。我又不是小說家。我只是聽眾而已。」

淳平皺起眉頭。因為集中精神動腦筋的關係，太陽穴深處有點疼痛。也許是葡萄酒喝多了。「我沒辦法好好整理思緒。我如果不實際面對書桌動手寫成文章的話，就沒辦法推動情節。請妳再等一等好嗎？談著之間倒開始覺得可以繼續往前寫了似的。」

「可以呀。」桐慧說。她伸出手拿起白葡萄酒的杯子，喝了一口。「我會等。不過，這故事非常有趣。腎臟石會變怎麼樣，我很想知道結果。」

於是她變換一下身體的方向，把形狀美好的乳房，壓在他的側腹部。

「嘿，淳平，這個世界上所有的東西都擁有意志噢。」她以輕微的聲音像坦白告訴他什麼秘密似地說。淳平快要睡著了。沒辦法回答。她口中說出的話語，在夜晚的空氣中失去了構成文句的形式，混著葡萄酒的微弱芳香，隱密地到達他意識的深處。「例如，風擁有意志。我們平常可能沒留意到這件事情而活著。不過有一次，我們被喚醒了，留意到了這件事。風擁有一種想法包圍著你，搖晃著你。風知道你內心裡的一切。不只是風而已。一切東西。石頭也是其中之一。他們非常了解我們的事情噢。從頭到尾徹徹底底。到了某個時候，我們就會發現這個事實。我們只能伴隨著這些一起活下去。接受了這些，我們才能生存下去，並且深入下去。」

從此過了五天左右，淳平幾乎都沒有出門，一直在書桌前把腎臟石的故事繼續寫下去。正如桐慧預言的那樣，腎臟石繼續靜靜地動搖著那位女醫師。慢慢花時間，但很確實地。她跟戀人在都會飯店的無名一室中，共度黃昏匆促的親密時刻時，悄悄把手放在對方的背上，用手指探尋著腎臟的形狀。她知道自己的腎臟石潛藏在那裡。那腎臟是她埋進戀人體內去的，秘密的通報者。在手指下面，那腎臟像蟲子般蠢動著。而且腎臟式的訊息傳給了她。她和腎臟交談，交流。她的手掌可以感覺到那濕滑。

這位女醫師漸漸習慣了，每天晚上變換位置的漆黑腎臟石的存在。她把這當做自然的東西來接受。石頭在夜間移動到什麼地方，她已經不再感到驚訝了。一到醫院上班，她就找出那顆石頭在室內的什麼地方，撿起來放回桌上。這已經成為不會覺得不對勁的日常習慣了。她在那房間裡的時候，石頭不會動。就像在日光下熟睡的貓一樣，乖乖固定留在一個位置。她一把房門鎖上外出時，石頭才會醒過來，開始移動。

如果有空的時候她會伸出手，輕輕撫摸那滑溜溜的黑色表面。不久之後眼睛漸漸離不開那石頭了。就像被催眠了似的。她漸漸對其他事情失去興趣。書讀不下。健身房也不再去。診療雖然還勉強維持集中精神，但除此之外的思考，卻只是惰性式地，敷衍著而已。沒有興趣跟同事聊天，也不再在乎穿著打扮。食慾確實地下降。現在連戀人的擁抱都開始覺得不耐煩了。周圍沒有任何人的時候，她會小聲對那塊石頭說話，石頭則似乎開始會側耳傾聽除了對它說的話之外的話了。就像孤獨的人對狗和貓說話時那樣。那塊腎臟形的黑色石頭，現在正支配著她生活的許多部分。

那石頭難道不是從外部來的物體嗎？——在寫著故事的進行之間，淳平開始明白過來。重點在於她自己內部的某種東西。她心中的那個什麼，使腎臟形的黑石頭活過來了。而且那個正在要求她採取某種具體行動。因此而繼續送出信號。採取夜晚變換位置的形式。

在一面寫著這短篇小說的時候，淳平一面想著桐慧。他感覺到這是她（或她心中的什麼）在推動故事前進的。因為他本來並沒有打算要寫這樣超越現實的事情。淳平事先在腦子裡模模糊糊地設想的，是更安靜的、心理小說式的故事路線。在那裡面石頭並不會隨便移動位置。

女醫師的心，應該會離開有妻子的外科醫師戀人而去吧，淳平這樣預料。或許會開始恨他也不一定。她應該會在潛意識中希求變成這樣。

當這樣的全貌出現之後，接下來再寫故事就比較簡單了。淳平一面小聲地重複聽著馬勒的曲子，一面用電腦把小說的結尾部分，以他的速度來說相當快地寫完。她下定決心，離開外科醫師戀人。她告訴對方說已經無法再跟他見面了。沒有商量的餘地嗎？他問。完全沒有。她堅決地回答。假日她搭東京灣的渡輪，從甲板上把腎臟石丟進海裡。那顆石頭朝著深深的黑暗海底，朝著地球的地心，筆直沉下去。她決心改過自新，調整生活過新的人生。把石頭丟掉之後，自己覺得全身好像輕鬆多了。

可是第二天早晨到醫院上班時，那顆石頭卻又在桌子上等著她。就在原來固定的位置上。黑黑的重重的，而且是腎臟形狀的。

小說寫完之後，立刻打電話給桐慧。她應該會想讀完成的作品吧。因為那在某種意義上，是她幫忙完成的作品。但電話卻打不通。錄音的聲音說：「您撥的號碼無法接通。請再確認一次，再重新打過。」淳平試著重新打過好幾次。但結果都一樣。那電話號碼無法接通。也許她的手機出了什麼問題，他想。

淳平盡量待在家裡不出門，等桐慧打電話來。但她並沒有聯絡。就這樣經過了一個月。一個月變成兩個月，兩個月變成三個月。季節變成冬天，新的一年終於來臨。他寫的短篇小說在文藝雜誌的二月號刊登出來。雜誌的廣告目錄上，印著淳平的名字和「日日移動的腎形石」的標題。如果桐慧買了這本雜誌讀了作品，可能會跟他連絡，陳述她的感想。他期待著這樣的可能性。但是只有沉默重新累積下去而已。

生活中她的存在消失之後，淳平的心比事先預料的，感到更強烈的痛。桐慧所留下的失落感搖晃著他。一天裡有好幾次，會想到：「如果她現在就在這裡該多好。」桐慧的微笑，她口中說出的言語，兩人擁抱時肌膚的觸感，一一都令他懷念。他原本喜歡的音樂，中意的作家的新書，都不再能安慰他的心。一切的一切感覺都像是遙遠地方的不相干的東西。「桐慧或許是那第二個女人。」淳平這樣想。

淳平再度遇到桐慧，是在初春的一個下午。不，正確說應該不能稱為遇到。他只有聽到桐慧的聲音。

淳平坐在計程車上。路上正塞車。計程車的年輕司機播放著FM的廣播節目。從那節目傳出她的聲音來。淳平剛開始並不太能確定。只覺得聲音好像啊，這樣的程度而已。但是越聽越覺得，就是桐慧的聲音，是她的說話方式。抑揚頓挫很順暢，非常放鬆。停頓方式中就有她的特徵。

「對不起，聲音可以轉大聲一點嗎？」淳平說。

「可以呀。」司機說。

那是廣播電台播音室裡的訪談。一個女播音員正在訪問她。

「——那麼，妳從小就很喜歡高的地方嗎？」播音員問。

「是啊。」桐慧——或聲音跟她一模一樣的女人——回答。「從我開始懂事以後，就喜歡往高處爬。爬得越高，心情就越覺得安定。所以每次都纏著父母帶我到高樓上去。是個很奇怪的小孩。」（笑）。

「所以結果，就開始這樣的工作了是嗎？」

「剛開始在證券公司做類似行情分析師的工作。不過我很清楚那種工作並不適合我。所以做了三年左右就辭職了，剛開始做過大樓的擦玻璃工作。其實我是想在工地現場做類似開高空吊車工作的，不過那種地方是大男人的世界，不肯輕易接受女性。所以我就暫時從擦玻璃的打工開始做。」

「從證券分析師一變成為擦窗戶的噢。」

「以我來說，老實說那樣比較輕鬆愉快。那跟股票價格不一樣，因為就算跌倒了，跌下的也只是自己而已。」（笑）

「擦窗戶說起來，是搭在一個吊籃上從屋頂一層一層往下滑著做是嗎？」

「是啊。當然身上綁著保命安全帶，不過也有非拿下安全帶不能做的地方。這對我是完全無所謂的。不管多高的地方，一點都不可怕。所以相當受到器重。」

「妳喜歡爬山嗎？」

「我對山幾乎沒有什麼興趣。雖然有人邀我也試著爬過幾次，不過不行。不管山多高，都不會感覺有趣。我感興趣的，是直立的人工化高層建築而已。我也不知道為什麼。」

「現在妳在東京都內，經營專門服務高層大樓的窗戶清潔公司嗎？」

「是的。」她說。「我先打工存了一些錢，大概六年前獨立出來，開始開一家小公司。當然自己也到現場工作，不過自己也算是經營者。這樣就不必聽誰的命令，可以隨自己的意思定規則，所以很方便。」

「因為可以隨妳高興把保命安全帶拿掉對嗎？」

「說得快一點就是這樣。」（笑）

「繫著安全帶，妳不喜歡嗎？」

「是啊，感覺好像不是自己似的。感覺簡直像身上套著僵硬的醫院病人用的復健護身帶似的。」（笑）

「妳是真的喜歡在高高的地方囉？」

「是喜歡。身在高的地方是我的天職。除此之外我腦子裡想不起別的職業。所謂職業，本來就應該是一種愛的行為。並不像輕易的結婚一樣。」

「在這裡我們要放一曲音樂。James Taylor 唱的 *Up on the Roof*（〈屋頂上〉）。

播音員說。「走鋼索的事情，等一下繼續談。」

在播出音樂的時間裡，淳平探出身子問司機。「這個人到底是做什麼的？」

「在高樓和高樓之間拉上鋼繩，在那上面走過的人。」司機說明。「她會拿著一根長棒子保持身體的平衡。可以說是表演者吧。要是我啊，因為我有懼高症，光是搭玻璃電梯就提心吊膽了。那個女人真是好事者，不過，跟人家有點不一樣。好像也已經不太年輕了。」

「那是職業嗎？」淳平問。他發現自己的聲音乾乾的，失去了重量。聽起來好像是從頭上的天花板縫隙傳過來的別人的聲音似的。

「是啊，找各種贊助者在做的樣子。上一次據說是德國的，什麼有名的大教堂贊助的。本來她想在更高層的大樓上做的，不過據說很難取得當局的許可。說是那麼高的樓層的話，安全網也會失去效用。所以她說就先一點一點，慢慢累積實績，希望能漸漸往更高樓層挑戰。不過光靠走鋼索是吃不飽的，所以平常就像剛才說的那樣，在經營著大樓的窗戶清潔公司。她說同樣是走鋼索，但她不喜歡在馬戲團之類的地方工作。她只對高層建築有興趣。真是個怪人噢！」

「比什麼都美好的是，在那裡的時候，可以達成自己這個人的改變。」她在採訪中說。「或者說，不改變就沒辦法活下去。站在高高的地方時，在那裡的只有自己和風而已。除此之外什麼也沒有。風包圍著我，搖晃著我。風了解我。同時，我也了解風。而且我們互相接受，決定一起活下去。只有我和風——沒有其他東西插進來的餘地。我喜歡的是這樣的瞬間。不，不會感覺害怕。腳一旦踏出去高的地方，完全進入那集中精神的狀態中的話，恐怖感就消失了。我們就在親密的空白之中。這樣的瞬間我比什麼都喜歡。」

採訪者是不是能理解桐慧所說的事情，淳平並不知道。不過不管怎麼樣，桐慧就那麼淡淡地說著。採訪結束時，淳平叫計程車停下來，下了車。而且剩下的路程用走的到目的地。偶爾抬頭仰望高層大樓，看看飄過的流雲。風和她之間，誰也無法介入，他領悟到了。在這裡他感覺到的是，強烈的嫉妒的感情。不過到底在嫉妒什麼呢？風嗎？到底有誰會去嫉妒風呢？

淳平在從此以後的幾個月之間，都在等待桐慧的聯絡。希望能跟她見面，兩個人談各種事情。也想告訴她有關腎形石的事情。但她並沒有打電話來。她的手機電話號碼依然「無法接通」。夏天來臨的時候，他終於也放棄希望了。桐慧已經不打算跟他見面了。對——既沒有爭執，也沒有吵架，兩個人的關係安穩地結束了。仔細想起來，長久以來他對與他交往的女人們的分手方式，不正是這樣嗎？不知不覺就不再打電話了。這樣一切就靜靜地，自然地結束了。

是不是應該把她加入倒數之中呢？應該把她放進三個有意義的女人中的一個嗎？淳平因此而相當煩惱。但是沒有結論。他想再等半年看看。半年後再決定吧。

在那半年之間，他集中精神寫了許多短篇小說。而且一面在書桌前推敲著文章，一面想著桐慧這時候可能正和風一起在高高的地方吧。我像這樣面對書桌一個人寫著小說之間，她則一個人孤零零地待在比誰都高的地方。鬆開安全帶。她說一旦進入那精神集中的狀態之後，就不會害怕了。只有我和風而已。淳平常常想起她說的這句話。而且淳平發現自己對桐慧，擁有對其他女人所從來沒有感覺過的特殊感情。擁有明白的輪廓，感覺得到反應，具有深度和厚度的感情。這感情要給它什麼名字才好呢？淳平還不知道。不過至少，是別的東西所無法代替的感覺。就算從此不再能遇到桐慧了，這種感覺還是會永遠留在他心中，甚至留在像骨髓似的地方。他身體的某個地方也許會繼續感覺到桐慧的失落。

那年接近年終的時候，淳平下定了決心。把她當作第二個女人。桐慧是對他來說，生命中「真正有意義」的三個女人中的一個。三好球。只剩下一個女人了。不過他心中不再感到害怕。重要的不是數目。倒數計算沒有任何意義。重要的是能夠完全接納某一個人的這種心情，他理解到這個。而且那必須永遠是第一個，永遠是最後一個才行。

在這同時，女醫師桌上，腎臟形的黑色石頭已經消失了蹤影。有一天早晨，她發現那顆石頭已經不在那裡了。那應該不會再回來了。她知道。

品川猴

有時候她會想不起自己的名字。多半是在出其不意地被人問到名字的時候。例如在服裝店買洋裝，需要修改袖子的尺寸，被店員問到：「請問您的姓名？」的時候。或者在工作中需要用電話聯絡什麼，最後對方說：「對不起可以再請問一次您的大名嗎？」時，當下卻忽然失去記憶。變得不知道自己是誰了。所以為了想起名字，不得不掏出皮夾來看駕照，當然會惹得對方滿臉驚訝，或者——由於談話忽然中斷所形成的空白——而使電話的對方感到莫名其妙。

在由自己主動報出姓名的時候，她並不會發生這種「遺忘姓名」的現象。只要有心理準備，就可以管理記憶，沒有問題。可是一慌張起來時，或完全沒有警戒心時，冷不防被對方冒然問到名字，簡直就像電路總開關忽然被撥下來似的，腦子裡忽然一片空白。名字怎麼也出不來。越想尋找頭緒，就越會被那沒有輪廓的空白吞進去。

會想不起來的，只限於她自己的名字。周圍人的名字倒不會忘記。自己的住址、電話號碼、生日、護照號碼，也不會忘記。親密朋友的電話號碼、工作上的重要電話號碼，幾乎都能憑空順口說出來。記憶力向來都不錯。會想不起來的，只有自己的名字而已。忘記名字大約是從一年前開始的。在那以前她從來沒有過這種經驗。

她的名字叫做「安藤美月」。結婚前的名字叫做「大澤美月」。兩個都不算特別有獨創性。也不算是戲劇性的名字。不過，話雖這麼說，當然也還不至於到難怪會在慌慌張張的日常生活中搞混而從記憶中脫落的地步。因為，那畢竟不是別的東西，而是自己的名字啊。

她變成「安藤美月」是在三年前的春天。她和名字叫做「安藤隆史」的男人結婚，結果，名字變成安藤美月。剛開始她不太習慣安藤美月這個名字。無論字面或發音，都覺得有點不安定似的。不過叫出幾次，重複簽名之間，才漸漸開始感覺，安藤美月也不錯啊。例如不會像「水木美月」或「三木美月」那樣難堪，為了配合語音可能發生不得不改名字的狀況（她確實曾經跟姓三木的男人交往過，雖然期間很短。），跟那比起來「安藤美月」不是還算好嗎？她這樣想。於是雖然只是慢慢的，但她總算還是接受這新名字作為自己的名字了。

可是從一年前開始，那名字突然開始逃走了。剛開始是一個月一次左右，隨著時日過去頻率也逐漸增加。現在每星期至少會發生一次。當「安藤美月」這樣的名字一旦逃出去之後，她就會以誰也不是的「一個沒有名字的女人」被遺留在世間。如果有皮包的話還好。可以拿出來看駕照，就知道自己的名字了。可是如果連皮夾也遺失的話，也許就會不知道自己是誰了。當然一時失去名字，她還是以她的身分存在那裡，因為她還記得自己家的地址和電話號碼，所以並不是存在完全變成零。跟電影上所出現的那種完全喪失記憶的情形不同。不過想不起自己的名字，還是一種非常不方便，而且不安的事。失去了名字的人生，感覺簡直就像失去了覺醒助力無法醒來的夢似的。

她到一家珠寶飾品店去，買了一個造型簡單的銀製細手鐲，請他們把名字雕刻在上面。自己「安藤（大澤）美月」這樣的名字。沒有住址也沒有電話號碼。只有姓名而已。這簡直就像狗或貓一樣嘛，她自嘲地這樣想。她出門的時候，一定戴上這個手鐲。如果想不起自己的名字時，只要眼睛輕輕瞄一下手鐲就行了。這樣一來就不必為了想名字而一一去掏皮夾。也不用再看到對方奇怪的臉色了。

她並沒有把自己平常會不時想不起自己名字的事情，坦白告訴她先生。如果說出來的話，先生一定會說：「是不是因為妳對婚姻生活感到不滿或不適應的關係？」總之他就是這種喜歡搬出道理來的人。雖然沒有惡意，不過不管什麼事都會立刻用理論化來解決。她對於這種事情的決定方式，說起來不太能順應。而且他口才又好，並不容易駁倒他。所以這件事情，她就暗自決定保持沉默。

不過不管怎麼樣，丈夫（可能會說）並沒有說中，她想。她對婚姻生活並沒有什麼不滿或不適應。對丈夫——雖然對他那種喜歡理論化的傾向有時會感到厭煩——基本上沒有不滿，對丈夫的老家，沒有負面的印象。丈夫的父親在山形縣酒田市當開業醫師。他們都是不錯的人。雖然想法多少有點老舊古板，不過因為丈夫排行老二，所以家裡對他也就比較不囉唆。她生長在名古屋，因此對北國酒田冬季的嚴寒加上風的強烈有點吃驚，不過以一年一次或兩次這樣的短暫造訪來說，倒是個感覺相當不錯的地方。兩個人結婚兩年後，貸款在品川買了新建的大廈住宅。丈夫現在三十歲，在製藥公司的研究室上班。她二十六歲，在大田區的本田汽車經銷店上班。電話鈴響了就拿起聽筒來，客人來了就請到沙發坐，然後端出咖啡或茶來，需要影印時就去影印，把文件整理歸檔，管理電腦上的顧客名單資料。

她從都內的女子短期大學畢業後，經由在本田當幹部的伯父介紹，開始在這家經銷店上班。雖然工作一點也不刺激，不過因為被賦予一些責任，所以自然也有一些工作意義。雖然直接推銷汽車的相關事情並不在她的職務範圍內，不過當負責業務的人不在的時候，她也可以充分回答來店顧客的詢問。在旁邊看著銷售人員的做法之間，她也自然領悟到所謂銷售的秘訣，而且學會了必要的專門知識。也可以熱心談論Odyssey車型，方向盤之靈敏實在不像迷你休旅車。她可以輕鬆背出每一種車型的燃料費。談話術也相當巧妙，迷人的笑容很能解除顧客的警戒心。她可以看穿顧客的人品和性格，彈性地採取柔軟的戰略。好幾次實際上都是由她談到簽約前的階段。不過到了最後階段時，很遺憾卻不得不交給專門負責的職員去交涉。因為她並沒有被賦予可以自己做主降價，或調整舊車換新車的折價範圍，或提供買賣選擇權的權限。因此就算她把大部分的事情都談妥了，負責業務的人最後才出來，卻能把佣金領走。她的報酬說起來，頂多只有讓那位意外得到幸運的業務員，私下請吃一頓晚餐而已。

她有時候會想，如果讓我來負責推銷，應該可以賣出更多車子，整個營業所的業績應該也可以比現在提高的。如果真的認真做的話，自己應該可以比大學剛畢業的年輕業務員賣出多一倍的車子。但是誰也沒有對她開口說：「妳很有銷售天份。讓妳做文件整理，和接電話實在可惜。以後請妳轉過來做業務好嗎？」這就是所謂公司這種系統的成立方式。業務職是業務職，事務職是事務職。職掌範圍一旦決定以後，除非有什麼特別重大的狀況，否則是不會改變的。而且她也沒有打算擴大工作領域，企圖在職業生涯中力爭上游的慾望。還不如就從九點到五點把分內的工作做好，每年把帶薪休假好好度過，悠閒地享受私人生活還比較合她的個性。

她現在還在上班的地方繼續用著婚前的姓名。最大的原因是，要向認識的顧客和往來的客戶一一通知改姓的理由也麻煩。名片上、胸章名牌上、打卡的卡片上，都寫著「大澤美月」的名字。大家都叫她「大澤小姐」、「大澤」、或「美月姊」，「美月」。接電話的時候，她也說：「喂，本田某某營業店的大澤。」這樣報出名字。不過這並不表示她抗拒「安藤美月」這名字。她只是覺得，要向大家說明事情的原委很麻煩，所以就繼續使用婚前的姓而已。

她在職業場所繼續使用娘家的舊姓，她先生也知道（因為他偶爾會打電話到她上班的地方來），對這個他也沒有表示什麼異議。她似乎也認為自己在職場使用什麼名字，終究只是為了便宜行事而已。只要道理說得通，他就不會囉唆。這方面要說輕鬆也可以說輕鬆。

自己的名字從腦子裡消失，這種事情或許是某種重大疾病的徵候之一也不一定——想到這裡美月的心情開始無法鎮定。例如也有可能是老年癡呆症。而且世上還有其他意想不到的，複雜而致命的疾病。例如就有重症肌無力症、杭庭頓舞蹈症之類的疑難雜症，她還是最近才知道的。此外世上大概還有很多她從來都沒聽過的特殊疾病。而且這些疾病的最初徵兆，大多都是極細微的。雖然奇怪，不過就是細微的事情——例如無論如何都想不起自己的名字之類的……。一開始想起來時，就覺得現在這樣之間，好像莫名其妙的病灶可能已經正在身體內部的某個地方靜靜地逐漸擴散似的，開始擔心得不得了。

美月到綜合醫院去說明自己的症狀。可是問診的年輕醫師（這個男人與其說是醫師，不如說更像病人般面帶倦容而臉色蒼白），也沒認真聽她說話，不太當一回事。「那麼，除了名字以外有沒有其他想不起來的事情？」醫師問。沒有，她說。現在，想不起來的只有自己的名字而已。「嗯——那麼這可能是屬於精神科的領域喲。」醫師以缺乏關心和同情的聲音說。「如果日常有發生除了自己名字之外也想不起的事情的症狀時，請再來看看。到那個階段再做做看專門的檢查吧。」那個醫師好像要說，有很多因為更嚴重的症狀所苦的患者來我們醫院，我們為了這些患者已經每天忙得不可開交了，所以偶爾想不起自己的名字，也沒什麼關係呀，那又怎麼樣呢？

有一天，她正在讀著隨郵件一起送來的品川區廣告傳單時，目光被區公所新開的「心煩惱相談室」的報導所吸引。如果是平常的話，她可能會跳過去的小篇報導。說是每星期一次，由專門的顧問以便宜價格提供個人面談服務。只要是十八歲以上的品川區居民，任何人都可以自由參加。個人資料會嚴格保密，所以可以安心。像區公所主辦的諮詢服務能有多少效力呢？雖然有點難以判斷，不過事情總要試過才知道。去看一看應該也不會有什麼損失，美月這樣想。汽車經銷商週末沒有放假，不過相反的平日倒是比較能自由排休假，可以配合區公所定出來的日程——對於在一般時間上班的人來說，是相當超越現實的日程。因為要求必須事先預約時間，所以她試著打電話去負責的窗口看看。據說費用是三十分鐘兩千圓。這樣程度的話她也可以付得起。她決定星期三下午一點鐘去。

那個時刻到區公所三樓所開設的「心煩惱相談室」去看看時，發現當天除了她以外沒有一個人來談。「這計畫因為才剛剛開始倉卒成立，所以一般人大概還不知道吧。」服務台的女孩子說。「如果大家都知道的話，我想大概會太擁擠。現在還很空，所以妳很幸運噢！」

顧問名字叫做坂木哲子，四十歲代後半，個子嬌小，胖得令人看起來很舒服。短短的頭髮染成鮮明的茶色，寬闊的臉上浮現出喜歡親近人的微笑。淡色系的夏季套裝上，穿著有光澤的絲襯衫，人造的珍珠項鍊，腳穿平底鞋。與其說像個顧問，不如說更像照顧學童個性開朗的鄰家媽媽。

「老實說，我先生是這家區公所的土木課課長。」她很親切地自我介紹。「因為有這關係，所以順利獲得區公所的補助，才能像這樣對市民開設區民諮詢室。妳是這裡第一位顧客噢。請多多指教。今天還沒有客人來，好像很空的樣子，所以請不要客氣，慢慢說吧。」說話方式非常悠閒，沒有一點急躁的地方。

請多指教，美月說。但心中卻一面懷疑：「這個人真的沒問題嗎？」

「不過我確實擁有諮詢顧問的正式資格，經驗也很豐富，所以關於這點請安心，沒問題的。妳就當作既然已經上了大船吧。」她好像聽到美月內心的聲音似的，微笑地這樣補充。

坂木哲子面對鐵製的辦公桌坐著，美月則坐在兩人座的沙發上。好像最近才從某個倉庫搬出來似的舊沙發。彈簧已經彈性疲乏了，由於灰塵氣味的關係鼻子有點癢癢的。

「本來如果有更堅固的躺椅的話，會比較像在做諮詢，不過現在只能找到這個。因為總是公家單位嘛，要做個什麼，手續都很囉唆，沒有通融的餘地。這種地方，真討厭噢。下次我會找個像樣一點的來，所以今天就請忍耐著先用一下吧。」

美月身體沉進那張古董品一般的沙發上，有條有理地說明著她平日經常會想不起自己名字的事情時，坂木哲子只是嗯嗯地默默點頭。既沒有提出問題，也沒有露出驚訝的表情。連搭腔都不太有。只熱心聽著美月的話，除了偶爾想到什麼似地皺起眉頭之外，嘴角始終露出，春天黃昏夕暮時分月亮般的淡淡微笑。

「去訂做一個刻有名字的手鐲，真是個很好的創意。」在美月說完之後，顧問才第一次這樣發言。「妳的應對方式完全沒有錯噢。首先讓實際上的不方便盡量減輕，這是比什麼都重要的事──與其擁有奇怪的罪惡感，或陷入落寞沉思，或驚慌失措六神無主，不如現實上面對難題務實地去處理問題。妳實在很聰明。而且這個手鐲也非常漂亮嘛。跟妳很搭配喲。」

「嗯，請問這種剛開始想不起自己的名字，以後會不會發展成什麼更嚴重的病，有沒有這種例子？」美月試著問看看。

「這個嘛，我想並沒有像具有這種特定初期徵候的病。」顧問說。「不過症狀在大約一年之間逐漸惡化下去，這倒叫人有點擔心噢。或許確實有成為某種導火線，引起別種症狀，或記憶缺失的部分延伸到其他方面……的可能性。所以我想最好能慢慢把事情談出來，趁現在趕快去發現那源由之類的會比較好。而且因為妳是在外面工作的，如果想不起自己的名字，實際上一定有很多不方便的地方吧？」

姓坂木的顧問剛開始首先問到，關於美月現在所過的生活中，幾個基本的問題。結婚幾年了？在職場上從事什麼樣的工作？身體狀況如何？然後問到小時候的各種事情。家庭成員？學校生活？感覺快樂的事情？不快樂的事情？得意的事情？不太得意的事情？美月對每個問題都盡量坦白、快速而正確地回答。

她成長在非常普通的家庭。父親在一家大人壽保險公司上班。雖然不是特別富裕，不過記憶中也從來沒有為金錢的問題傷過腦筋。家裡有父母親和一個姊姊。

父親是個一味認真的人，母親性格說起來算是細膩的，嘴巴很囉唆。姊姊雖然屬於高材生的類型，（根據美月的說法）人格卻有一點淺薄和功利的一面。不過向來跟家人相處並沒有什麼特別的問題，她認為還維持馬馬虎虎的良好關係。沒有發生過重大的爭執。她自己說起來是一個不起眼的孩子。雖然很健康從來沒有生過病，不過運動能力也並不傑出。容貌方面雖然從來沒有過自卑感，不過也從來沒有被誰說過漂亮。自己也覺得不是沒有聰明的地方，不過雖然如此也沒什麼特別優秀的方面。學校成績平平，排名與其從後面開始算不如從前面開始算稍微快一點的程度。在學生時代，雖然有幾個要好的朋友，不過各自結婚後住的地方分散了，目前則不太有親密的朋友。

現在過的婚姻生活，也找不到什麼需要提出異議的缺點。雖然剛開始難免有些摩擦，不過兩個人都各自順利調整適應建立起自己的生活。丈夫當然不是完美的人（例如凡事愛講道理、服裝品味有問題），不過也有很多優點（親切、責任感強、乾淨、食物不挑嘴、不抱怨）。在職場的人際關係也沒有什麼特別問題。跟同事和上司，大多相處融洽，並沒有感到緊張壓力之類的。當然有時候難免發生一點不太愉快的事情，畢竟是在狹小的地方每天要碰面的人，所以這也是沒辦法的事吧。

不過，人生為什麼這麼無聊呢？——美月在被問到自己人生的過去和現在而一面照實回答時，卻不禁開始這樣感嘆。試想一想，她的人生中幾乎看不到什麼戲劇化的要素。如果以影片來打比方的話，就像是以誘人打瞌睡為目的所製作的低預算背景錄影帶一樣的東西。淺色調的風景一直淡淡地，不分段落地映出來，既沒有場景的轉換，也沒有特寫鏡頭。沒有高低潮的起伏變化，也沒有吸引人注意的插曲之類的東西。既沒有預兆，也沒有啟示。只有偶爾想到一下似地稍微改變一下鏡頭的角度而已。雖說是工作，但能這麼認真地傾聽人家的這種身世的事情，不會感到無聊嗎？她甚至對顧問湧出同情心來。不會聽得想打呵欠嗎？如果每天都要聽別人這麼沒完沒了的述說，要是我的話，一定聽到什麼地方就無聊死了。

可是坂木哲子卻熱心地側耳傾聽美月的話，用原子筆做了簡潔的筆記。也在好些地方應需要提出追加問題，除此之外似乎盡量少發言，而集中精神在聽取美月的話上。就算這樣，在她開口的時候，安穩的聲音中，仍然可以感覺得出很深的真正關心。完全看不到無聊的神色。而且光是聽到她那有特徵的拉長聲音，美月的心情就不可思議地鎮定下來。仔細想一想，到目前為止好像從來沒有人這樣認真地傾聽過我的話。當稍微超過一小時的面談結束時，壓在背上的東西感覺確實減輕了一些。

「那麼安藤太太，下星期三同一個時間還能再來嗎？」坂木哲子一面微笑著一面這樣問。

「嗯，來是能來的。」美月說。「我可以再來嗎？」

「當然哪。只要妳不討厭的話。這種事情，妳看，要是不一次又一次地說的話，是很難往前進的。並不能像一般常見的電台人生諮詢節目，大概提出一些回答就說：『好了，這樣就行了。接下來就請加油吧。』雖然可能要花一點時間，不過彼此都是品川區的居民，我們就慢慢來吧。」

「那麼，妳記不記得發生過什麼，跟名字有關的事情？」坂木哲子在第二次面談的剛開始就這樣問。「不管是自己的名字，別人的名字，養過動物的名字，去過地方的名字，綽號也可以，只要是有關名字的事什麼都可以。如果有什麼跟名字有關聯的記憶，請告訴我好嗎？」

「跟名字有關的事？」

「對。名字、命名、簽名、點名……沒什麼了不起的小事也沒關係。只要是跟名字有關的，無論多麼微小的事情都沒關係。請回憶一下看看。」

美月思考了很久。

「跟名字有關聯而特別記得的，沒有這種事情。」她說。

「至少現在，一時腦子裡想不起來。只是……對了，關於名牌我倒記得一件事情。」

「很好。就說說這個。關於名牌。」

「不過那不是我的名牌。」美月說。「是別人的名牌。」

「沒關係。就說這件事吧。」顧問說。

「就像上星期我說過的那樣，從初中到高中，我上的是一貫教育的私立女子學校。」美月說。「學校在橫濱，我家在名古屋，所以就在學校宿舍住校。每星期，到週末才回家。星期五晚上搭新幹線返鄉，星期天晚上再回學校宿舍。從橫濱到名古屋只要兩個小時就可以到，並不會覺得寂寞。」

顧問點點頭。「可是，名古屋其實也有很多好的私立女子學校噢，不是嗎？

那麼，為什麼非要離開父母親到橫濱去上學呢？」

「因為那裡是母親的母校。她非常喜歡那所學校，所以希望有一個女兒能上那裡。而且我也多少有一點想，跟父母親分開來住看看。雖然是教會學校，不過校風還滿自由的，而且在那裡也有幾個好朋友。都是從外地來的孩子。跟我的情況一樣，很多人的母親同樣也是這裡的畢業生。我想大致上六年過得很快樂。只是每天吃的東西有點難吃。」

顧問微笑著。「妳好像說過有一個姊姊對嗎？」

「是的，比我大兩歲。我們是兩姊妹。」

「妳姊姊沒有去那家橫濱的學校上學嗎？」

「姊姊上本地的學校。在那期間，當然一直和父母住在一起。我姊姊並不是積極想往外跑的那一型。從小身體也有一點虛弱……。所以我母親就想讓做妹妹的我，去上那所學校。因為我基本上算健康，自立心也比姊姊強。因此小學畢業的時候，被問到要不要去橫濱上學，我就回答去也好啊。每個週末搭新幹線回家，在那時候還覺得滿快樂的。」

「對不起我插嘴。」顧問這樣說著微微笑。「請繼續說。」

「宿舍原則上是兩個人一個房間，不過升到高三時，只有這一年之間可以擁有一個人的房間。發生那件事情，是我自己一個人住一個房間的時候。因為我是最高年級學生，那時候擔任住宿生代表的職位。宿舍門口有一塊板子上面掛著名牌，我們住宿生每個人都擁有自己的名牌。名牌正面是黑字，反面是紅字，寫著自己的名字。外出的時候一定要把名牌翻過來。回來以後再翻回來。換句話說名牌上寫黑字那面朝外時表示這個人在宿舍，寫紅字那面朝外時表示這個人外出。外宿、請假等長期不在的時候，就會先把那名牌拿下來。玄關的門房有住宿生輪流值班，有電話打進來時，只要看名牌就能一眼看出那個人現在是不是在宿舍裡，是相當方便的做法。」

顧問像在鼓勵似地輕輕點頭附和。

「那是十月間的事情。在吃晚餐前我在房間裡預習第二天的功課時，一位叫做松中優子的二年級學生來找我。大家都叫她優子。她在我們宿舍毫無疑問是頭號美女。皮膚白皙，頭髮長長的，眉目鼻子長得簡直像洋娃娃一般。父母親好像是在金澤經營旅館老鋪。是有錢人。因為低一年級，所以詳細情形我並不清楚，聽說成績相當好。也就是說非常出色的孩子。有很多愛慕她的低年級女孩子。但優子卻一點也不擺架子，或裝模作樣。倒不如說是個乖巧的孩子，並不屬於愛表現自己心情的類型。感覺雖然很好，不過卻常常會有不知道她在想什麼的印象。

我想她雖然受到愛慕，不過也許沒有真正親近的朋友。」

美月在自己房間一面聽收音機一面做功課時，有人輕輕敲門。她打開門一看，松中優子一個人站在門口。她穿著薄薄的套頭貼身毛衣和牛仔褲。如果方便的話我想跟妳談一下，不知道現在會不會打攪？她這樣問。美月相當驚訝，但回答說：「可以呀。我沒做什麼不得了的事，所以沒關係。」美月過去從來沒有跟松中優子這樣兩個人單獨相處，這麼靠近地促膝談過，而且也完全沒有預料到她會到自己的寢室來，說要談私人的事情。她請她在椅子上坐下，用熱水瓶的開水和茶包泡了紅茶。

「美月姊，妳以前有沒有經驗過所謂嫉妒的感情？」松中優子直截了當地問她。

突然被問到這樣的問題，美月更是吃驚，不過她還是重新想了一下這個問題。

「我想沒有。」美月說。

「一次也沒有嗎？」

美月搖搖頭。「至少，現在突然問我，我想不太起來呀。嫉妒的感情……，例如什麼樣的事情呢?」

「例如美月姊真正喜歡的人，卻喜歡上美月姊以外的別人，例如美月姊非常想要卻得不到的東西，有人卻簡單地得到了，例如美月姊希望『如果能做到這樣不知道有多好』的事情，別人卻輕輕鬆鬆毫不費力地就做到了……這一類的事情。」

「這一類的事情，我好像沒有遇到過。」美月說。「優子有遇到過這種事情嗎?」

「很多啊。」

聽到這話美月找不到話說了。這孩子到底還想怎麼樣呢?人長得特別漂亮，家裡又有錢，成績優異，又受大家歡迎。雙親很溺愛她。聽說她週末常常和英俊的大學生男朋友約會。人如果這樣還不滿足，那麼到底還希望得到什麼呢?美月實在想不通。

「那麼，例如像什麼樣的事情?」美月試著問看看。

「如果可能，我不想說得太具體。」松中優子一面謹慎地選擇用語一面說。「而且我覺得就算在這裡一一列出具體的事情，好像也沒有什麼意義。只是我個人，從以前開始就想問美月姊一次，有沒有經驗過類似嫉妒的感情?」

「妳說妳從以前就想問我這個了嗎？」

「是的。」

美月完全不明白她為什麼會這樣問，不過決定暫且老實回答這問題。「我想這方面的經驗，我大概沒有。」她說。「我不清楚為什麼，不過要說奇怪也許很奇怪。因為以我的情況，我並不是對自己有自信，想要的東西也不是全部可以隨心所欲地得到，反而是經常會遇到不如意的情況，不過如果要問我會不會羨慕誰呢，好像也沒有。為什麼噢？」

松中優子嘴角彷彿露出微小的微笑。「所謂嫉妒這種心情，我覺得和現實的、客觀的條件之類的東西好像不太有關係吧。也就是說並不會因為比別人條件好就不會嫉妒別人，而比別人條件差就會嫉妒。那就像肉體的腫瘤一樣，在我們所不知道的地方自己生出來，沒什麼道理地，不顧一切地漸漸擴散下去。就算知道了也沒辦法阻止。並不是幸福的人就不會生腫瘤，不幸的人才容易生腫瘤。就跟這個一樣。」

美月默默地聽著。松中優子口中說出這樣長的句子非常稀奇。

「要對沒有經歷過嫉妒感情的人，說明這個是非常困難的。不過只有一點可以說明的是，要伴隨著這樣的心情度過每一天，真不是輕鬆的事情。實際上，就像抱著一個小地獄似的。如果美月姊沒有過這種心情的經驗，我想這真值得感謝。」

說到這裡之後，松中優子閉上嘴，依然維持著像微笑似的表情，筆直地看著美月的臉。真是漂亮的女孩，美月重新這樣感覺。身材很好，胸部的形狀也美好。生為這樣一個無論什麼地方都吸引人目光的美女，到底是什麼心情呢？真無法想像。是不是只有自豪和快樂呢？或者也自有她許多憂心煩惱的事情呢？

不過很不可思議的是，美月從來沒有一次羨慕過松中優子。

「我現在要回我家了。」松中優子一面注視著放在膝蓋上自己的手一面說。「我親戚發生不幸的事情，必須去參加葬禮。剛才老師也准許我請假了。星期一早晨應該可以回來。在這之間，我想請美月姊幫我保管名牌好嗎？」

她這樣說完，就從口袋裡拿出自己的名牌，遞了過來。美月不知如何是好。

「保管是完全沒問題。」美月說。「可是為什麼要特地找我保管名牌呢？只要放進自己書桌的抽屜裡或什麼地方，不就行了嗎？」

松中優子以比剛才更深的眼光看著美月的臉。被這樣看著，美月都開始感覺不安起來。

「這次如果可以的話，我想請美月姊幫我保管名牌。」松中優子以堅決的口氣說。「因為有一點事情讓我擔心，不想把這留在房間裡。」

「好吧。」美月說。

「希望我不在的時候，不要讓猴子拿走。」松中優子說。

「這個房間裡我想大概沒有猴子。」美月開朗地說。松中優子不像是會開玩笑的人。然後她就走出房間去了。名牌和沒碰過的杯子，留下奇怪的空白。

「到了星期一松中優子還沒回到宿舍。」美月對顧問說。「班上的導師很擔心打電話到她家去問，才知道她並沒有回家。親戚中沒有人去世，當然也沒有葬禮。她說了謊，然後不知道消失到什麼地方去了。遺體是在第二星期的週末發現，我星期天晚上從名古屋的家回到宿舍，人家通知我。說是自殺。在某個森林深處用剃刀割腕，弄得血淋淋地死去。為什麼自殺，誰也不知道。既沒發現像遺書的東西，也完全想不到有什麼動機。同寢室的女孩子說，松中優子和平常沒有什麼不同的地方。也沒有什麼煩惱的樣子，完全跟平常一樣。她只是沉默地死去。」

「不過松中小姐，至少想要對妳傳達什麼吧？」顧問說。「所以最後會到妳的寢室去，把名牌交給妳。而且談到了嫉妒的事情。」

「是啊，沒錯。松中優子跟我談到嫉妒的事。我後來想想，她可能想在死去以前，把那嫉妒的事情告訴什麼人吧。雖然當時我沒想到是那麼重要的事情。」

「妳有沒有把松中優子，在死去以前曾經到過妳房間的事情，告訴過誰？」

「沒有。跟誰都沒說。」

「為什麼？」

美月歪著頭。「我想就算說出這種事情，也只有增加大家的混亂而已。大家可能無法理解，而且可能沒有任何幫助。」

「妳是說她所懷著的深深嫉妒的感情，可能是自殺的原因嗎？」

「是啊。如果把這種事情說出口，人家一定只會覺得我很奇怪而已。因為像松中優子這樣的人，為什麼非要嫉妒誰不可呢？當時大家心裡都很亂，情緒很亢奮，我想這時候最好閉嘴別說。女校的宿舍這種地方的氣氛，妳大概也知道吧？我如果說出這種話，就像在充滿瓦斯的地方擦上一根火柴一樣。」

「那個名牌怎麼樣了？」

「那個我還留著。放在壁櫥裡面，應該是裝在箱子裡。跟我的名牌放在一起。」

「為什麼妳要把那個名牌，一直繼續保管到現在呢？」

「當時全校非常混亂，一時拖延錯過了歸還時機。而且時間經過越久，就越難裝成什麼也沒發生似地歸還名牌了。可是也不能丟棄在什麼地方。而且我想松中優子可能希望我能一直留著那個名牌也不一定。所以才會在死以前特地跑到我這裡來，把那個託我保管。雖然我怎麼也不明白，為什麼那對象會是我。」

「不過真不可思議。妳跟那位松中優子小姐，不是那麼親密對嗎？」

「當然因為是一起住在一個小宿舍裡，所以彼此是認識的，會互相打招呼，偶爾也曾交談幾句。不過兩個人不同學年，從來沒有私下談過話。只因為我做過住宿生代表，所以她可能因此才來找我吧。」美月說。「除此以外我想不出有什麼原因。」

「也許松中優子因為某種原因，而對妳感興趣。也許她的心被妳吸引了。也許她看到妳身上擁有什麼特別的東西。」

「這我就不知道了。」美月說。

坂木哲子什麼也沒說，好像要看清楚什麼似地暫時盯著美月的臉看。然後才說：

「不過，那個歸那個，妳真的沒有經驗過所謂嫉妒的感情嗎？有生以來一次也沒有過？」

美月暫時停了一下。然後回答：「我想沒有。大概一次也沒有。」

「這麼說來，妳的意思是，妳無法理解所謂嫉妒的感情到底是什麼樣的東西嗎？」

「我是說大概的情形我想是可以理解的——也就是關於那成立方式。只是不太清楚實際的感覺。那實際上有多強烈，會持續多久，是如何痛苦難過的，這方面我不清楚。」

「說得也是。」顧問說。「雖然同樣說是嫉妒，也有各種階段的區別。就像人的一切感情一樣。輕的程度就是一般所謂的吃醋，或稱為吃味。那雖然有多少的差別，大多的人在日常生活中都經驗過。例如在公司的同事比自己先升級，或在學校班上哪位同學受到老師特別偏愛，或鄰居有人中了高額彩券之類的……這只能算是單純的羨慕。讓人感覺到那真不公平，有點生氣。這以人的心理來說，要說自然也是很自然的事。妳連這種情況都沒有過嗎？從來沒有感覺羨慕過別人嗎？」

美月想了一想。「我覺得好像從來沒有過這種事情。當然比我條件強的人很多。不過我並不會因此就覺得這種人令我特別羨慕，因為每個人都各有不同啊……」

「妳是指每個人都各有不同，所以並不是那麼容易比較，對嗎？」

「大概吧，我想是這樣。」

「哦，很有意思。」顧問一面在桌上把雙手的手指交叉，一面以放鬆的聲音感覺很有趣似地說。「嗯，總之這是輕度的嫉妒。也就是屬於所謂的吃醋。不過如果是重度的話，卻沒有這麼簡單就了事。那就像寄生蟲一般會沉甸甸地盤踞在人的心裡。而且有些情況──就像妳朋友說的那樣──會變成像腫瘤一樣開始深深侵蝕人的靈魂。甚至令人致命。因為無法制止，所以對那本人來說是非常難過的事情噢。」

美月回到家，把收到壁櫥深處用膠帶密封起來的紙箱拖出來。松中優子的名牌和美月自己的名牌一起放在一個信封袋裡，應該在這裡。紙箱裡有從小學時代以來的舊信、日記、相簿、成績單，和其他各種紀念品，零散地塞在裡面。每次都想到，什麼時候非好好整理不行，但總是被忙碌所打亂，搬家再搬家，這箱子都一直原封帶著走。但怎麼也找不到收藏名牌的信封。她把箱子裡的東西全部清出來，仔細檢查看看，但就是看不到信封。美月沒了主意。她搬到這棟大樓來的時候，還大致瞄了一下紙箱裡，看到那裝名牌的信封。還感慨很深地想到：

「啊，這東西還留著。」然後為了不讓任何人看到而密封起來，從那次以來這是第一次打開這箱子。所以那信封一定會在這裡的。沒有懷疑的餘地。但到底消失到什麼地方去了呢？

雖然如此她還是到區公所的「心煩惱相談室」去，每星期和姓坂木的顧問見面談話之後，對於遺忘名字的事情已經不再那麼擔心了。雖然忘記名字還是和以前一樣的頻率繼續發生，不過至少症狀不再惡化下去了，自己名字以外的東西也沒有從記憶中滑落。而且幸虧有手鐲，現在也可以不必再覺得尷尬了。有時候甚至覺得遺忘自己的名字好像是生活中很自然的一部分似的。

美月沒有對丈夫提起自己定期去看顧問的事情。並不是想隱瞞，不過想到要一一說明，就先覺得太麻煩了。丈夫想必會要求她詳細說明。而且想不起自己的名字，和每星期到區公所辦的顧問諮詢室去，並沒有具體妨害到丈夫什麼。費用也只有不足掛齒的程度。她還沒有告訴坂木顧問，她怎麼找都沒有找到松中優子和自己住宿時代的名牌這件事情。因為她不認為這在面談上有什麼特別意義。

就這樣過了兩個月。她每星期三，到品川區公所的三樓去面談。來面談的人好像也增加了，面談時間從特別處理的一小時縮短到規定的半小時，不過那時候兩個人的對談已經上了軌道，所以可以簡短而有要領地整理出頭緒。雖然有時也會想再談長一點，因為費用實在很低。不過也不能太過分。

「這是妳第九次的面談……」坂木顧問在面談結束的五分鐘前這樣問美月。「忘記名字的次數就算沒有減少，但至少現在不再增加了吧？」

「沒有增加。」美月回答。「我想這大概可以稱為保持現狀吧。」

「很好，很好。」顧問說。然後把手上拿著的黑芯原子筆放回上衣口袋，雙手在桌上緊緊地交握著。停頓一下然後才說：「說不定——這純屬假設而已——下星期妳來這裡，關於我們談到現在的問題，會發現重大的進展噢。」

「妳是說關於忘記名字的事情？」

「是啊。如果順利的話，也許可以找出那具體的特定原因，並把那實際讓妳看。」

「妳是說為什麼我會忘記名字的原因嗎？」

「沒錯啊。」美月不太能理解對方所說的意思。「妳說具體的原因，也就是說……眼睛看得見的東西嗎？」

「當然是眼睛看得見的，當然。」顧問這樣說著，就很滿意似地搓著雙手。「那或許可以裝在盤子上讓妳看，說，請看！不過詳細情形，很遺憾要到下星期才能告訴妳。是不是真的順利，今天這個階段也還不清楚。我只是期待大概可以順利而已。如果順利的話，到時候再詳細說明給妳聽。」

美月點點頭。

「不管怎麼樣，我想對妳說的是，」坂木顧問說：「雖然好像有點進進退退，不過事情確實朝向解決的方向邁進中。妳看，人家不是常說嗎？人生進三步退兩步。妳不用擔心。沒問題的，相信坂木阿姨的話吧。所以下星期再見。別忘了到掛號處去預約噢。」

顧問這樣說著眨眨眼。

下星期，下午一點美月到「心煩惱相談室」去時，坂木哲子臉上一面露出比平常更燦爛的微笑，一面坐在桌子前等她。

「我想我找到妳忘記名字的原因了。」她帶著自豪地說。「而且我想我已經解決了。」

「妳是指我不會再忘記自己的名字了嗎？」美月問。

「沒錯。妳已經不會再忘記自己的名字了。原因已經找到，也已經正確處理好了。」

「到底原因是什麼呢？」半信半疑之下美月問。

坂木哲子從放在旁邊的一個黑色漆皮皮包裡拿出什麼來，排在桌上。

「我想這應該是妳的東西。」

美月從沙發上站起來，走到那張桌子前面去。桌上放著兩塊名牌。一塊寫著「大澤美月」，另一塊寫著「松中優子」。美月臉上失去了血色。她走回沙發，沉坐下來。一時說不出話來。她用雙手手掌摀著嘴半天。好像要阻止話語從那裡掉落下來似的模樣。

「難怪妳會吃驚。」坂木哲子說。「不過沒問題，我會慢慢說明給妳聽。妳放心。沒什麼好害怕的。」

「可是為什麼——」美月說。

「為什麼妳住宿時代的名牌會在我手上嗎？」

「是啊。我——」

「無法理解吧？」

美月點點頭。

「我幫妳拿回來了啊。」坂木哲子說。「因為這名牌被偷走了，所以妳開始想不起自己的名字。所以妳如果要找回自己的名字，無論如何都有必要收回這兩塊名牌。」

「可是這是誰——」

「是什麼地方的誰，把妳家裡的這兩塊名牌偷出去的呢？到底為了什麼目的這樣做？」坂木哲子說。「關於這一點，我想與其由我在這裡用嘴巴說明，不如妳自己直接去問偷出的犯人。」

「犯人在這裡嗎？」美月用驚訝的聲音說。

「是啊，當然。我抓到了，把名牌拿起來。當然不是我自己抓的，是我先生和他的部屬們幫我抓的。我不是說過我先生在這品川區公所當土木課課長嗎？」

美月還莫名其妙就點點頭。

「好了，去吧。現在就去見這個犯人。那麼，妳就可以當面好好地修理他一頓了。」

美月在坂木哲子的引導下，走出供面談的房間，經過走廊，進了電梯。然後降到地下。走在地下沒有人影的長走廊，直到位於最深處的房門口站住，坂木哲子敲敲門。「請進。」傳出男人的聲音，坂木哲子打開門。

裡面有一位高個子瘦瘦的大約五十歲的男人，和一個大塊頭二十五歲左右的男人。兩個人都穿著淺咖啡色的工作服。中年男人胸前別著「坂木」的名牌，年輕男人則別著「櫻田」的名牌。櫻田手上拿著黑色警棍。

「妳是安藤美月女士嗎？」姓坂木的男人說。「我是坂木哲子的丈夫。我叫做坂木義郎。是這品川區公所的土木課長。這位櫻田先生是我們課裡的同事。」

「請多指教。」美月說。

「怎麼樣？有沒有乖乖的？」坂木哲子問丈夫。

「嗯，完全澈悟變乖了。」坂木義郎說：「櫻田從早上到現在一直在這裡看守著他，不過好像並沒有麻煩人的樣子。」

「是啊，很乖。」櫻田有幾分遺憾似地這樣說。「如果粗魯不乖的話，我就想好好讓他知道一點厲害，不過倒沒有這樣。」

「櫻田學生時代，是明治大學空手道社團的主將，是前途有為的青年。」坂木課長說。

「那麼──到底是誰，為了什麼原因，要從我那裡把名牌偷出去呢？」美月問。

「那麼，就讓她實際面對犯人吧。」坂木哲子說。

房間深處，還有另外一扇門，櫻田打開那扇門。並在牆壁上按一下開關，電燈亮起來。櫻田檢查房間一周，向大家點點頭。「沒問題。請進裡面。」

首先是坂木課長進去，然後是坂木哲子進去，最後是美月進去。一個像小倉庫似的房間。沒有家具。只有一把小椅子，那椅子上坐著一隻猴子。以猴子來說個頭算是相當大的。雖然比成人的人類小，不過比小學生大。毛則比一般日本猴子稍微長一點，好些地方混有灰色的毛。看不出年齡，不過似乎已經不年輕了。猴子的前腳和後腳，都被細繩子緊緊地綁在木製椅子上。長長的尾巴尖端無力地垂在地上。美月一進入房間，猴子就瞄她一眼，然後把視線垂到腳下。

「是猴子？」美月說。

「沒錯。」坂木哲子說。「是猴子從妳那裡把名牌偷走的噢。」

不在的時候別被猴子拿走噢，松中優子說過。原來那不是開玩笑，美月想。松中優子知道會有這種事情。美月的背脊一陣涼。

「不過為什麼會有這種事情？」

「為什麼我會知道這件事情嗎？」坂木哲子說。「因為我是專業的啊。我不是一開始就說過了嗎？我擁有確實的開業資格，也有豐富的經驗。人不可以貌相。不要以為我在區公所做著收費便宜的類似服務活動，就以為我當顧問的能力，比擁有氣派辦公室的人差噢。」

「當然，這個我很了解。只是我太驚訝了，所以——」

「沒關係，沒關係。我開玩笑的。」坂木哲子說著，笑起來。「老實說，我以顧問來說，也算是一個相當怪的人。所以跟組織和學界之類的地方不太合。不如在這種地方隨心所欲地做比較合我的個性。因為就像妳看到的那樣，我的做法相當特殊。」

「不過能力非常好。」她丈夫坂木義郎一本正經地在旁邊補充讚美。

「那麼，是這隻猴子偷了名牌的嗎？」美月說。

「是的。他悄悄潛入妳住的大樓裡，把壁櫥箱子裡的名牌偷出來。大概一年前的事。正好妳開始忘記名字也在這時候對嗎？」

「是的。確實是在那時候。」

「很抱歉。」猴子第一次開口說話。以有彈性的低音。甚至可以從裡面聽出某種音樂性來。

「居然會說話啊。」美月愕然地說。

「是的，我會說話。」猴子表情幾乎不變地說。「我還有其他必須道歉的事情。我到府上去偷名牌的時候，吃掉了兩根香蕉。本來打算除了名牌之外什麼都不拿的，不過肚子實在太餓了，所以雖然明知不對，還是伸手去拿起放在桌上的兩根香蕉，把它吃掉了。因為看起來實在太好吃了。」

「真無恥的傢伙。」櫻田說。黑色警棍在手掌上啪啪地拍著。「其他還拿什麼吃了？要不要加緊逼問？」

「算了算了。」坂木課長制止。「香蕉的事情是他自己坦白說出來的，而且看起來也不是多凶惡的猴子。事情在還沒弄清楚以前不要亂來。而且如果傳出區公所裡有人對動物施加暴力的話，也許會有點不妙。」

「你為什麼要拿名牌呢？」美月試著問猴子。

「我就是拿名字的猴子。」猴子說。「這是我的病。如果名字在那裡，我就忍不住要拿。當然並不是誰的名字都好。有些名字會吸引我的心。尤其是吸引我的人的名字。如果有這種名字的話，我就非到手不可。我會躲進屋子裡去，把那名字偷出來。我知道這樣做不對，可是自己沒辦法停下來。」

「想要從我們宿舍裡偷松中優子名牌的，也是你嗎？」

「沒錯。我不顧一切地愛慕松中小姐。身為猴子，心居然會這樣強烈地被吸引，這是空前絕後的事情。可是我不能得到松中小姐，因為我是猴子，所以那是不可能實現的事情。所以我就想盡辦法要得到她的名字。至少能得到名字也好。我想只要能得到她的名字，我的心就會非常滿足。除此以外，身為猴子又能指望什麼呢？可是那一直無法實現，她竟然自己結束了生命。」

「松中優子會自殺，是不是跟你有關係呢？」

「不是。」猴子說著，猛搖頭。「不是這樣的。她會自殺跟我完全沒有關係。松中小姐懷著進退兩難的類似心的陰影般的東西。可能誰也救不了她。」

「可是，為什麼你最近會知道，我那裡有松中優子的名牌呢？」

「我花了相當長的時間才知道的。松中小姐死掉以後，我立刻試著要得到她的名牌。我想在誰把她的名牌拿走以前，要先下手為強。可是名牌卻已經消失不見了。誰也不知道那到哪裡去了。我用盡各種手段，千辛萬苦地到處尋找。但是無論如何都不知道名牌到哪裡去了。當時怎麼也沒想到，松中優子小姐竟然會到妳那裡去託妳保管名牌。因為松中優子小姐和妳，並不是特別親密的朋友。」

「就是啊。」美月說。

「不過，因為忽然靈光一閃，我開始想到，說不定松中優子把名牌交到大澤美月小姐手上了呢？那是去年春天的事情。然後又花了相當長的時間，才知道大澤美月小姐結婚後，名字變成安藤美月，住進品川區的大樓裡去了。要調查這種事情，身為一隻猴子相當不方便。不過總之，就因為這樣而到妳家去偷了。」

「可是為什麼，連我的名牌也一起帶走呢——你不是只要松中優子的嗎？害得我吃了好多苦頭。老是忘了自己的名字。」

「真對不起。」猴子害羞地低下頭。「眼前有吸引我心的名字時，我就會不知不覺地想偷走。說起來真丟臉，不過大澤美月的名牌，也強烈地動搖我微不足道的心。就像前面說過的那樣，這是一種病。自己也沒辦法抑制那衝動。一面想這樣不行，還是不禁伸出手去。造成妳的麻煩，我誠心道歉。」

「這隻猴子潛伏在品川區的下水道中噢。」坂木哲子說。「所以我拜託我先生，請這位年輕人把他逮捕起來。妳知道，他是土木課長，而下水道也是土木課所管轄的之一，所以做這種事情正好很方便。」

「在捕抓這隻猴子的時候，這位櫻田老弟相當積極噢。」坂木課長說。

「區內的下水道裡有這樣胡鬧的東西潛伏在裡面，對土木課來說，無論如何還是無法忽視的。」櫻田得意地說。「這傢伙好像在高輪一帶的地下窩藏出沒，以那裡為根據地，沿著下水道在都內各地移動的樣子。」

「在都會裡，沒有我們可以生存的地方。樹木很少，白天也找不到陰涼的地方。走出到地上的話，大家就擁上來要捕捉我。小孩會用彈弓或空氣槍射我，套著項圈的大型狗把我當追逐目標窮追不捨。在樹上休息時，電視台的攝影機就過來對我打光攝影。沒有可以安心休息的地方。因此我才不得不潛到地下去。請原諒。」猴子說。

「不過，妳怎麼會知道這隻猴子潛伏在下水道呢？」美月問坂木哲子。

「在一直聽妳講的兩個月之間，我漸漸可以看清楚很多事情。就像是霧漸漸淡化散開了一樣。」坂木哲子說。「應該有習慣性偷名字的某種什麼介入其間，而這東西應該還潛伏在這一帶的地下。而且所謂都會的地下，範圍自然很有限。不是地下鐵的範圍，就是下水道，大概是這些地方。於是我試著拜託丈夫。這附近的下水道有一隻不是人的某種東西住在裡面。你可以幫我調查一下嗎？結果，絲毫不差，找到了這隻猴子。」

美月一時說不出話來。「不過——只不過聽到我的話，為什麼能知道這種事情呢？」

「自家人的我，這樣說有點怎麼樣，不過我內人擁有一般人所沒有的，某種特殊能力。」做丈夫的坂木課長露出神祕的表情說。「我們結婚以來前後已經過了二十二年，我好幾次親眼看到這種不可思議的的事情。所以我相當熱心地鼓勵她在區公所裡開設這種『心煩惱相談室』。只要設置好能夠發揮她能力的場所的話，我確信一定能造福品川區的人民。不過這個偷竊名字事件能夠解決真好。實在太好了。這下我也可以暫時安心了。」

「可是，這隻抓到的猴子要怎麼辦呢？」美月問。

「留他活著也沒用吧。」櫻田乾脆地說。「一旦有了壞毛病就很難再改過。不管嘴巴上怎麼說，什麼時候一定又會在什麼地方再犯下同樣的錯誤。把他幹掉吧。這樣最好。把濃縮的消毒液注射到血管裡去，這種猴子一下就可以解決掉了。」

「算了算了。」坂木課長說。「不管什麼理由，被人家知道我們殺了動物的話，一定會有人來控訴，造成重大問題。你看，上次抓到的烏鴉一起處分時，也引起很大的騷動不是嗎？這種摩擦最好能避免。」

「拜託。不要殺我。」猴子也在被綁著之下深深低頭拜託。「我也不是有意使壞的。我做的事情確實不對。這我很清楚，也為大家帶來麻煩。不過，我不是強辯，這裡頭也有正面的意義。」

「偷人家的名字，到底會有什麼正面意義呢？你就說來聽聽。」坂木課長以強硬的口氣問。

「是的，請聽我說。我確實在偷人家的名字。不過在這同時，也把附著在名字上的負面要素，多少也帶走一些。這可能是老王賣瓜自賣自誇。不過如果我把松中優子的名字，那時候就成功地偷走的話，這雖然只是一個很小的可能性，不過松中小姐或許就不會像那樣斷絕自己的生命也不一定。」

「為什麼？」美月問。

「如果我能成功地偷到松中小姐的名字的話，我或許可以連藏在她心中的黑暗也多少和名字一起拿走。我想我也許也可以把那連名字，一起帶到地下的世界去。」猴子說。

「這只是對你自己有道理。」櫻田說：「這種話，不能完全照著聽。事情畢竟攸關性命，所以連猴子也要耍耍小聰明，拚命找藉口來說。」

「這倒不見得。這猴子說的或許也有一點道理。」坂木哲子雙手交叉地思考了一下，終於這樣說。然後轉向猴子開始問起來。「你藉著偷名字，不但把好的東西，同時也把壞的東西引出來接收了是嗎？」

「是的。」猴子說。「這無可選擇。如果那裡面含有惡的東西的話，我們猴子也會接收下來。全部概括承受下來。拜託。請不要殺我。我雖然是一隻擁有惡劣癖性的無聊猴子，不過那另當別論，我對各位也不是沒有能幫得上忙的用處。」

「那麼我的名字，又擁有什麼樣的惡東西呢？」美月問猴子。

「以我來說，這件事情我不想在當事人面前說。」猴子說。

「請你說出來吧。」美月說。「如果你能確實告訴我的話，我就原諒你。我也會幫你拜託在這裡的各位，請他們原諒你。」

「真的嗎？」

「如果猴子能老實告訴我那件事情的話，請你們原諒他好嗎？」美月對坂木課長說。「看起來並不是多麼惡性重大的猴子。已經讓他吃了這樣的苦頭了，如果好好開導他，把他帶到高尾山去放生的話，應該不會再做壞事了。可以嗎？」

「如果妳說這樣可以的話，我並沒有異議。」坂木課長說。然後轉向猴子開口說：「喂，你，這樣的話能發誓以後不再回到二十三區來嗎？」

「是的，坂木課長。我不會再回到二十三區來了。不會再給各位添麻煩。也不會再在下水道裡徘徊。我也已經不年輕了，這也許是改變生活方式的好機會。」猴子以神奇的表情這樣約定。

「為了慎重起見，還是在這傢伙屁股上烙個印，以便可以一目了然。」櫻田說。「用有品川區標誌的工程用電鉗子，我想這一帶什麼地方應該有。」

「拜託，這個請免了吧。」猴子快流出眼淚地懇求著。「如果屁股上有什麼奇怪印記的話，就會被警戒，在猴子同伴之間也不太受歡迎。看在我什麼都不隱瞞地誠實說出來的分上，請千萬不要給我烙印哪。」

「好吧，電鉗子烙印的事就免了。」坂木課長為他調解地說。「尤其如果烙上區的標誌的話，說不定事後會有什麼責任問題。」

「好吧。既然課長這麼說了。」櫻田很遺憾地這樣說。

「那麼，我的名字到底附帶了什麼樣的惡東西呢？」美月緊緊盯著猴子小小的紅眼睛問道。

「不過我如果說出來的話，美月小姐也許會受傷呢。」

「沒關係，你就說說看吧。」

猴子滿臉為難的樣子沉思了一下。額頭的皺紋多少加深一些。「不過，也許不要聽比較好。」

「沒關係，我想知道事情的真相。」

「好吧。」猴子說。「那麼我就照實說了。妳的母親，並不愛妳。從小時候到現在，從來沒有愛過妳。為什麼會這樣我也不清楚。不過就是這樣。妳姊姊也是。妳姊姊也不喜歡妳。妳母親會讓妳到橫濱去讀書，就是嫌妳麻煩想擺脫妳。妳母親，和妳姊姊，想盡量把妳趕得越遠越好。妳父親雖然並不是壞人，但無奈性格軟弱。所以沒辦法保護妳。因此妳從小開始，就沒有被誰充分地愛過。對這點妳應該多少也感覺到了。不過妳刻意不想去知道。妳不願意去面對那事實，卻把那收進內心深處的小小陰暗角落裡，蓋上蓋子，不去想難過的事情，不去看討厭的東西，這樣活過來。把負面的感情壓制著生活過來。這種防禦性姿勢成為妳這個人性格的一部分。對不對？不過因為這樣，妳變得無法認真地、無條件地從內心裡去愛一個人。」

美月沉默無言。

「妳現在，看起來像是過著沒有問題的，幸福的婚姻生活。也許實際上也是幸福的。但妳卻不能深深愛妳先生。對嗎？就算妳生了孩子，如果你還是照現在的樣子的話，也許會發生同樣的事情。」

美月什麼也沒說。只是蹲下來，閉上眼睛。覺得整個身體都要散開了似的。皮膚、內臟、骨頭和各個部分都要紛紛散掉了似的。只有自己呼吸的聲音，傳進耳朵裡來。

「猴子不懂分際胡亂說的。」櫻田搖著頭說。「課長，我已經受不了了。還是讓他受點教訓吃點苦頭吧。」

「等一下。」美月說。「其實他說得沒錯。這猴子說得沒錯。這件事情我也一直都知道。只是不願意去面對而活到現在而已。把眼睛遮起來，耳朵塞起來。猴子只是坦白地說出來而已。所以，請原諒他。什麼也別說，就放他回山上去吧。」

坂木哲子把手輕輕放在美月的肩上。「妳覺得這樣就好嗎？」

「是的，沒關係。只要我的名字能還給我，就好了。我以後的人生會伴隨著名字所有的東西，一起活下去。那既是我的名字，也是我的人生。」

坂木哲子對丈夫說：「那麼，你下個週末，開我們的車到高尾山去兜風，找個適當的地方，把這猴子放下來，好嗎？」

「當然，沒問題。」坂木課長說。「才剛剛換過的新車子，開一開試車，距離剛好。」

「謝謝。不知道該怎麼感謝。」猴子說。

「你不會暈車吧？」坂木哲子問猴子。

「是的，沒問題。絕對不會在新的座椅上吐，或方便。我會一直乖乖的不會亂動。不會給各位添麻煩。」猴子說。

和猴子分開的時候，美月把松中優子的名牌交給猴子。

「我想這個與其由我留著，不如由你留著好。」美月對猴子說。「你喜歡松中優子對嗎？」

「是的。我喜歡她。」

「那麼就好好珍惜這名字吧。而且不要再去偷別人的名字了。」

「好的。我會非常珍惜這名牌。而且也絕不再偷了。」猴子以認真的眼神這樣約定。

「不過為什麼松中優子在死以前，會把這名牌託給我呢？為什麼對象是我呢？」

「這個我也不清楚。」猴子說。「不過，不管怎麼樣，託那個的福，我跟美月小姐才能這樣見到面，互相談話。這可能也是一種機緣吧。」

「確實是這樣。」美月說。

「我所說的事情，是不是傷了美月小姐的心？」

「這個嘛。」美月說。「我想是傷到了。非常深。」

「真是過意不去。其實我也不想說的。」

「沒關係。因為我其實在內心深處是知道的。我總有一天必須從正面去勇敢面對這個事實。」

「妳能這樣說，我也鬆了一口氣。」猴子說。

「再見。」美月對猴子說。「雖然我想我們可能不會再見面了。」

「美月小姐妳也要保重噢。」猴子說。「謝謝妳救了我一命。」

「可不要再回到品川區來喲。」櫻田一面把警棍在手掌上拍打著一面說。「今天看在課長的大量，就特別饒了你，下次如果再在這一帶看到你的話，我可不會放你活著回去喲。」

猴子似乎也知道這不只是一種口頭威脅而已。

「那麼，下星期怎麼打算？」回到面談室，坂木哲子問美月。「還有事情要跟我談嗎？」

美月搖搖頭。「不，託老師的福，我想問題都完全解決了。真是謝謝妳。非常感謝。」

「關於猴子剛才對妳說的事情，沒有什麼必要再特別跟我談了吧？」

「是。那件事情我想我自己會想辦法處理。我想，那是我自己首先必須先想清楚的事情。」

坂木哲子點點頭。「是啊，我想妳可以做得到。因為只要妳下定決心，就一定可以堅強起來。」

美月說。「不過，如果我怎麼都沒辦法的時候，可以再來這裡找妳嗎？」

「當然。」坂木哲子說。而且把有彈性的臉蛋大大地往旁邊展開，燦爛地微笑起來。「那時候再兩個人來抓個什麼東西噢。」

於是兩個人握手告別。

回到家，美月把猴子還給她的「大澤美月」的舊名牌，和雕刻有「安藤（大澤）美月」名字的銀手鐲，裝進茶色事務用公文袋裡密封起來，放進壁櫥裡的紙箱中。自己的名字終於回到手邊了。她今後又要再度和那名字一起活下去。事情也許順利，也許不順利。不過總之那不是別的，是她的名字，她沒有別的名字。

藍小說叢書㊸

東京奇譚集

作　者—村上春樹
譯　者—賴明珠
核　譯—渡邊優子
副總編輯—葉美瑤
編　輯—邱淑鈴
美術設計—陳文德
企　畫—陳靜宜
校　對—賴明珠、邱淑鈴
董事長
發行人—孫思照
總經理—莫昭平
總編輯—林馨琴
出版者—時報文化出版企業股份有限公司
108台北市和平西路三段二四〇號三樓
客服專線—(〇二)二三〇六～六八四二
讀者服務專線—〇八〇〇—二三一—七〇五・(〇二)二三〇四—七一〇三
讀者服務傳眞—(〇二)二三〇四—六八五八
郵撥—一九三四四七二四時報文化出版公司
信箱—台北郵政七九～九九信箱
時報悅讀網—http://www.readingtimes.com.tw
電子郵件信箱—liter@readingtimes.com.tw
印　刷—盈昌彩色印刷股份有限公司
初版一刷—二〇〇六年一月二十三日
定　價—新台幣二二〇元
⊙行政院新聞局局版北市業字第八〇號

國家圖書館出版品預行編目資料

東京奇譚集／村上春樹著；賴明珠譯. -- 初版.
-- 臺北市：時報文化, 2006〔民95〕
面；　公分. --（藍小說；943）

ISBN 957-13-4431-1（平裝）

861.57　　94026436

TOKYO KITAN SHU
by Haruki Murakami

Originally published in Japan by SHINCHOSHA, Tokyo.
Chinese (in complex character only) translation rights arranged with Haruki Murakami, Japan
through THE SAKAI AGENCY and BARDON-CHINESE MEDIA AGENCY.

ISBN 957-13-4431-1
Printed in Taiwan